突　破　认　知　的　边　界

路上的雪冻成了一道道冰棱子，母亲推得沉重，但母亲心里快乐……母亲知道我正打算写点什么，又知道我跟长影的一位导演有着通信，所以她觉得推我去看这电影是非常必要的，是件大事。怎样的大事呢？我们一起在那条快乐的雪路上跋涉时，谁也没有把握，唯朦胧地都怀着希望。

——史铁生《扶轮问路》

和许多别种民间故事与笑话的含义一样，这种同情弱者的表示可也许是“夫子自道也”，这就是说：人民有一肚子委屈而无处去诉，就只好想象出一位“臣包文正”，或北侠欧阳春来，给他们撑一撑腰，吐一口气。同样的，他们制造出弱者胜利的故事与笑话，也是为了自慰；故事与笑话中的傻子就是他们自己。

——老舍《多鼠斋杂谈》

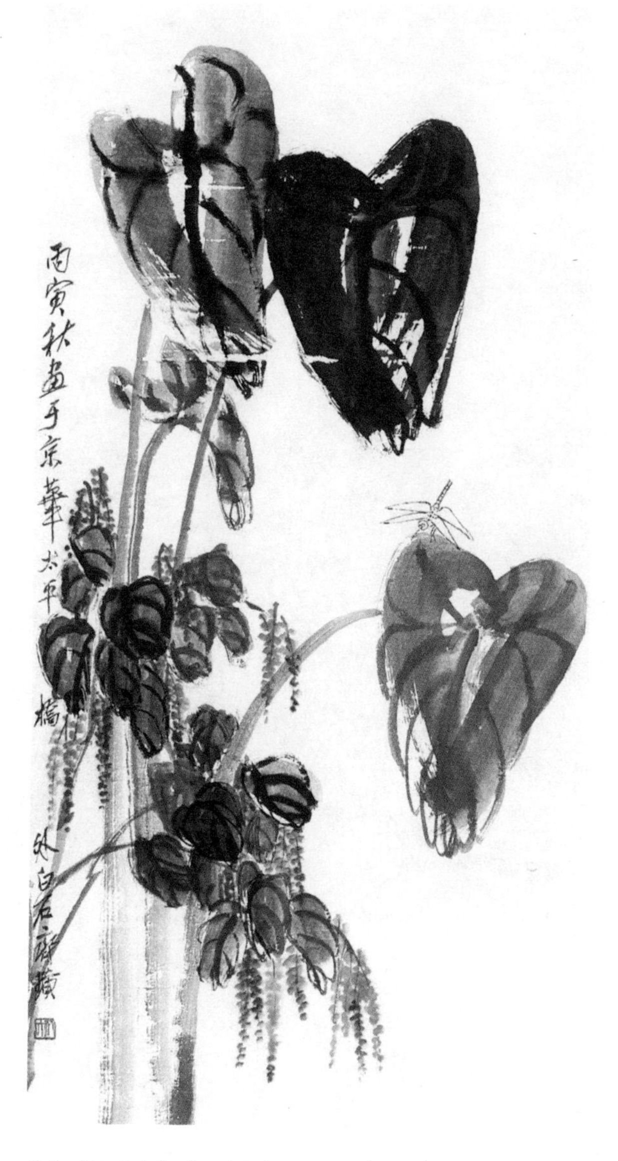

果然，熟识的墙壁，熟识的书堆……这些，在平时，我也时常看它们的，其实是算作一种休息。但我们一向轻视这等事，纵使也是生活中的一片，却排在喝茶搔痒之下，或者简直不算一回事。我们所注意的是特别的精华，毫不在枝叶。

——鲁迅《“这也是生活”》

人是群性的动物，所以自性质上说，人断不愿索居而离群，非特不愿，而且不能。但何以从古以来很有些“避世避地”的人呢？这是因为人有一种“自事自”的为我根性，觉得群中之乐，敌不过世间之苦，想逃世间之苦，不得不弃捐了群中之乐。

——傅斯年《美感与人生》

心安即是归处

史铁生 等 著

读者出版社

图书在版编目（CIP）数据

心安即是归处 / 史铁生等著. -- 兰州 : 读者出版社，2024.5

ISBN 978-7-5527-0803-5

Ⅰ. ①心… Ⅱ. ①史… Ⅲ. ①散文集－中国－现代②散文集－中国－当代 Ⅳ. ①I266

中国国家版本馆CIP数据核字（2024）第071467号

心安即是归处

史铁生 等 著

总 策 划 禹成豪 梁珍珍
责任编辑 漆晓勤
封面设计 万 聪

出版发行 读者出版社
地 址 兰州市城关区读者大道568号（730030）
邮 箱 readerpress@163.com
电 话 0931-2131529（编辑部） 0931-2131507（发行部）

印 刷 河北文扬印刷有限公司
规 格 开本 880 毫米 × 1230 毫米 1/32
印张 8 字数 204 千
版 次 2024 年 5 月第 1 版
2024 年 5 月第 1 次印刷
书 号 ISBN 978-7-5527-0803-5
定 价 49.80元

如发现印装质量问题，影响阅读，请与出版社联系调换。

本书所有内容经作者同意授权，并许可使用。
未经同意，不得以任何形式复制。

目录

㊀ 壹

应似飞鸿踏雪泥

世间的有情：万物的悲心

尼采说『要爱命运』。爱命运才是至爱的境界。『爱命运』即是爱上帝。爱命运也是爱众生。

贰

枕上诗书闲处好

读书的乐趣：无用的美好

读书要读到
有乐而无苦。

叁 黄花不负秋风意

人生的意趣：灵魂独立

深深地进入了解自己，而对自己有办法，才得避免和超出了不智和下等。

肆

闲敲棋子落灯花

生活的真意：一以乐也

人活着，就得有点兴致。

伍 也无风雨也无晴

生命的智慧：内心的淡定和从容

他们因看穿了鸡虫得失的无谓，又知道在太阳底下是难逢笑口的，所以肯将一切利害观念丢开，来任口说去任性做去。

壹

应似飞鸿踏雪泥

匆匆

朱自清 / 文

聪明的，我们的日子为什么一去不复返呢？

燕子去了，有再来的时候；杨柳枯了，有再青的时候；桃花谢了，有再开的时候。但是，聪明的，你告诉我，我们的日子为什么一去不复返呢？——是有人偷了他们罢：那是谁？又藏在何处呢？是他们自己逃走了罢：现在又到了哪里呢？

我不知道他们给了我多少日子；但我的手确乎是渐渐空虚了。在默默里算着，八千多日子已经从我手中溜去；像针尖上一滴水滴在大海里，我的日子滴在时间的流里，没有声音，也没有影子。我不禁头涔涔而泪潸潸了。

去的尽管去了，来的尽管来着；去来的中间，又怎样地匆匆呢？早上我起来的时候，小屋里射进两三方斜斜的太阳。太阳他有脚啊，轻轻悄悄地挪移了；我也茫茫然跟着旋转。于是——洗手的时候，日子从水盆里过去；吃饭的时候，日子从饭碗里过去；默默时，便从凝然的双眼前过去。我觉察他去得匆匆了，伸出手遮挽时，他又从遮挽着的手边过去，天黑时，我躺在床上，他便伶伶俐俐地从我身上跨过，从我脚边飞去了。等我睁开眼和太阳再见，这算又溜走了一日。我掩着面叹息。但是新来的日子的影儿又开始在叹息里闪过了。

在逃去如飞的日子里，在千门万户的世界里的我能做些什么呢？只有徘徊罢了，只有匆匆罢了；在八千多日的匆匆里，除徘徊外，又剩些什么呢？过去的日子如轻烟，被微风吹散了，如薄雾，被初阳蒸融了；我留着些什么痕迹呢？我何曾留着像游丝样的痕迹呢？我赤裸裸来到这世界，转眼间也将赤裸裸地回去罢？但不能平的，为什么偏要白白走这一遭啊？

你聪明的，告诉我，我们的日子为什么一去不复返呢？

一九二二年三月二十八日

扶轮问路

史铁生 / 文

我们从遥远的地方来，到遥远的地方去……我们是地球上的朝拜者和陌生人。

坐轮椅竟已坐到了第三十三个年头，用过的轮椅也近两位数了，这实在是件没想到的事。1980年秋天，“肾衰”初发，我问过柏大夫：“敝人刑期尚余几何？”她说：“阁下争取再活十年。”都是玩笑的口吻，但都明白这不是玩笑——问答就此打住，急忙转移了话题，便是证明。十年，如今已然大大超额了。

那时还不能预见到“透析”的未来。那时的北京城仅限三环路以内。

那时大导演田壮壮正忙于毕业作品，一干年轻人马加一个秃顶的林洪桐老师，选中了拙作《我们的角落》，要把它拍成电视剧。某日躺在病房，只见他们推来一辆崭新的手摇车，要换我那辆旧的，说是把这辆旧的开进电视剧那才真实。手摇车，轮椅之一种，结构近似三轮摩托，唯动力是靠手摇。一样的东西，换成新的，明显值得再活十年。只可惜，出院时新的又换回成旧的，那时的拍摄经费比不得现在。

不过呢，还是旧的好，那是我的二十位同学和朋友的合资馈赠。

其实是二十位母亲的心血——儿女们都还在“插队”，哪儿来的钱？那轮椅我用了很多年，摇着它去街道工厂干活儿，去地坛里读书，去“知青办”申请正式工作，在大街小巷里风驰或鼠窜，到城郊的旷野上看日落星出……摇进过深夜，也摇进过黎明，以及摇进过爱情但很快又摇出来。

1979年春节，摇着它，柳青骑车助我一臂之力，乘一路北风，我们去《春雨》编辑部参加了一回作家们的聚会。在那儿，我的写作头一回得到认可。那是座古旧的小楼，又窄又陡的木楼梯踩上去“咚咚”作响，一代青年作家们喊着号子把我连人带车抬上了二楼。“斯是陋室”——脱了漆的木地板，受过潮的木墙围，几盏老式吊灯尚存几分贵族味道……大家或坐或站，一起吃饺子，读作品，高谈阔论或大放厥词，真正是一个激情燃烧的年代。

所以，这轮椅殊不可以“断有情”，最终我把它送给了一位更不容易的残哥们儿。其时我已收获几笔稿酬，买了一辆更利远行的电动三轮车。

这电动三轮利于远行不假，也利于把人撂在半道儿。有两回，都是去赴苏炜家的聚会，走到半道儿，一回是链子断了，一回是轮胎扎了。那年代又没有手机，愣愣地坐着想了半晌，只好侧弯下身子去转动车轮，左轮转累了换只手再转右轮。回程时有了救兵，一次是陈建功，一次是郑万隆，骑车推着我走，到家已然半夜。

链子和轮胎的毛病自然好办，机电部分有了问题麻烦就大。幸有三位行家做我的专职维护，先是瑞虎，后是老鄂和徐杰，瑞虎出国走了，后二位接替上。直到现在，我座下这辆电动轮椅——此物之妙随后我会说到——出了毛病，也还是他们三位的事；瑞虎在国外找零件，老鄂和徐杰在国内施工，通过卫星或经由一条海底电缆，配合得无懈可击。

两腿初废时，我曾暗下决心：这辈子就在屋里看书，哪儿也不去了。可等到有一天，家人劝说着把我抬进院子，一见那青天朗照、杨柳和风，决心即刻动摇。又有同学和朋友们常来看我，带来那一个大世界里的种种消息，心就越发地活了，设想着，在那久别的世界里摇着轮椅走一走大约也算不得什么丑事。于是有了平生的第一辆轮椅。那是邻居朱二哥的设计，父亲捧了图纸，满城里跑着找人制作，跑了好些天，才有一家“黑白铁加工部”肯于接受。用材是两个自行车轮、两个万向轮并数根废弃的铁窗框。母亲为它缝制了坐垫和靠背，后又求人在其两侧装上支架，撑起一面木板，书桌、饭桌乃至吧台就都齐备。倒不单是图省钱，现在怕是没人会相信了，那年代连个像样的轮椅都没处买；偶见“医疗用品商店”里有一款，其昂贵与笨重都可谓无比。

我在一篇题为《看电影》的散文中，也说到过这辆轮椅：

> 一夜大雪未停，事先已探知手摇车不准入场（电影院），母亲便推着那辆自制的轮椅送我去……雪花纷纷地还在飞舞，在昏黄的路灯下仿佛一群飞蛾。路上的雪冻成了一道道冰棱子，母亲推得沉重，但母亲心里快乐……母亲知道我正打算写点什么，又知道我跟长影的一位导演有着通信，所以她觉得推我去看这电影是非常必要的，是件大

事。怎样的大事呢？我们一起在那条快乐的雪路上跋涉时，

谁也没有把握，唯朦胧地都怀着希望。

那一辆自制的轮椅，寄托了二老多少心愿！但是下一辆真正的轮椅来了，母亲却没能看到。

下一辆是《丑小鸭》杂志社送的，一辆正规并且做工精美的轮椅，全身的不锈钢，可折叠，可拆卸，两侧扶手下各有一金色的“福”字。

除了这辆轮椅，还有一件也是我多么希望母亲看见的事，她却没能看见：1983年，我的小说得了全国奖。

得了奖，像是有了点儿资本，这年夏天我被邀请参加了《丑小鸭》的“青岛笔会”。双腿瘫痪后，我才记起了立哲曾教我的“不要脸精神”，大意是：想干事你就别太要面子，就算不懂装懂，哥们儿你也得往行家堆儿里凑。立哲说这话时，我们都还在陕北，十八九岁。“文革”闹得我们都只上到初中，正是靠了此一“不要脸精神”，赤脚医生孙立哲的医道才得突飞猛进，在陕北的窑洞里做了不知多少手术，被全国顶尖的外科专家叹为奇迹。于是乎我便也给自己立个法：不管多么厚脸皮，也要多往作家堆儿里凑。幸而除了两腿不仁不义，其余的器官都还按部就班，便一闭眼，拖累着大伙儿去了趟青岛。

参照以往的经验，我执意要连人带那辆手摇车一起上行李车厢，理由是下了火车不也得靠它？其时全中国的出租车也未必能超过百辆，树生兄便一路陪伴。谁料此一回完全不似以往（上一次是去北戴

河，下了火车由甘铁生骑车推我到宾馆），行李车厢内货品拥塞，密不透风，树生心脏本已脆弱，只好于一路挥汗谈笑之间频频吞服“速效救心”。

回程时我也怕了，托运了轮椅，随众人去坐硬座。进站口在车头，我们的车厢在车尾；身高马大的树纲兄背了我走，先还听他不紧不慢地安慰我，后便只闻其风箱也似的粗喘。待找到座位，偌大一个刘树纲竟似只剩下了一张煞白的脸。

《丑小鸭》不知现在还有没有？那辆“福”字牌轮椅，理应归功其首任社长胡石英。见我那手摇车抬上抬下着实不便，他自言自语道：“有没有更轻便一点儿的？也许我们能送他一辆。”瞌睡中的刘树生急忙弄醒自己，接过话头儿：“行啊，这事儿交给我啦，你只管报销就是。”胡石英欲言又止——那得多少钱呀，他心里也没底。那时铁良还在医疗设备厂工作，说正有一批中外合资的轮椅在试生产，好是好，就是贵。树生又是那句话：“行啊，这事儿交给我啦，你去买来就是。”买来了，四百九十五块，1983年呀！据说胡社长盯着发票不断地咋舌。

这辆“福”字牌轮椅，开启了我走南闯北的历史。其实是众人推着、背着、抬着我，去看中国。先是北京作协的一群哥们儿送我回了趟陕北，见了久别的“清平湾”。后又有洪峰接我去长春领了个奖；父亲年轻时在东北林区待了好些年，所以沿途的大地名听着都耳熟。马原总想把我弄到西藏去看看，我说：“下了飞机就有火葬场吗？”吓得他只好请我去了趟沈阳。王安忆和姚育明推着我逛淮海路，是在1988年，那时她们还不知道，所谓“给我妹妹挑件羊毛衫”其实是借口，那时我又一次摇进了爱情，并且至今没再摇出来。少功、建功还有何立伟等等一大群人，更是把我抬上了南海舰队的鱼雷快艇。仅于近海小试风浪，已然触到了大海的威猛——那波涛看似柔软，一旦颠簸其间，竟是石头般的坚硬。又跟着郑义兄走了一回五台山，在“佛母洞”前汽车失控，就要撞下山崖时被一块巨石挡住。大家都说“这车上必有福将”，我心说是我呀，没见轮椅上那个“福”字？1996年迈平请我去斯德哥尔摩开会，算是头一回见了外国。飞机缓缓降落时，我心里油然地冒出句挺有学问的话：这世界上果真是有外国呀！转年立哲又带我走了差不多半个美国，那时双肾已然怠工，我一路挣扎着看：大沙漠、大峡谷、大瀑布、大赌城……立哲是学医的，笑嘻嘻地闻一闻我的尿说：“不要紧，味儿挺大，还能排毒。”其实他心里全明白。他所以急着请我去，就是怕我一旦“透析”就去不成了。他的哲学一向是：命，干吗用的？单是为了活着？

说起那辆“福”字轮椅就要想起的那些人呢？如今都老了，有的已经过世。大伙儿推着、抬着、背着我走南闯北的日子，都是回忆了。这辆轮椅，仍然是不可“断有情”的印证。我说过，我的生命密码根本是两条：残疾与爱情。

如今我已年近花甲了，手摇车是早就摇不动了，透析之后连一般的轮椅也用着吃力。上帝见我需要，就又把一种电动轮椅泊来眼前，临时寄存在王府井的医疗用品商店。妻子逛街时看见了，标价三万五。她找到代理商，砍价，不知跑了多少趟。两万九？两万七？两万六，不能再低啦小姐。好吧好吧，希米小姐偷着笑：你就是一分不降我也是要买的！这东西有趣，狗见了转着圈地冲它喊，孩子见了总要问身边的大人：它怎么自己会走呢？据说狗的智力相当于四五岁的孩子，他们都还不能把这椅子看成是一辆车。这东西才真正是给了我自由：居家可以乱窜，出门可以独自疯跑，跳舞也行，打球也行，给条坡道就能上山。舞我是从来不会跳。球呢，现在也打不好了，再说也没对手——会的嫌我烦，不会的我烦他。不过呢，时隔三十几年我居然上了山——昆明湖畔的万寿山。

谁能想到我又上了山呢！

谁能相信，是我自己爬上了山的呢！

坐在山上，看山下的路，看那浩瀚并喧嚣着的城市，想起凡·高给提奥的信中有这样的话“我是地球上的陌生人，（这儿）隐藏了对我的很多要求”“实际上我们穿越大地，我们只是经历生活”“我们从遥远的地方来，到遥远的地方去……我们是地球上的朝拜者和陌生人”。

坐在山上，看远处天边的风起云涌，心里有了一句诗：嗨，希米，希米/我怕我是走错了地方呢/谁想却碰见了你！——若把凡·高的那些话加在后面，差不多就是一首完整的诗了。

坐在山上，眺望地坛的方向，想那园子里“有过我的车辙的地方也都有过母亲的脚印”；想那些个“又是雾罩的清晨，又是骄阳高悬的白昼……”想那些个“在老柏树旁停下，在草地上在颓墙边停下，又是处处虫鸣的午后，又是鸟儿归巢的傍晚……”想我曾经的那些个想：“我用纸笔在报刊上碰撞开的一条路，并不就是母亲盼望我找到的那条路……母亲盼望我找到的那条路到底是什么？”

有个回答突然跳来眼前：扶轮问路。是呀，这五十七年我都干了些什么？——扶轮问路，扶轮问路啊！但这不仅仅是说，有个叫史铁生的家伙，扶着轮椅，在这颗星球上询问过究竟。也不只是说，史铁生——这一处陌生的地方，如今我已经弄懂了他多少。更是说，譬如“法轮常转”，那“轮”与“转”明明是指示着一条无限的路途——无限的悲怆与“有情”，无限的蛮荒与惊醒……以及靠着无限的思问与祈告，去应和那存在之轮的无限之转！尼采说“要爱命运”。爱命运才是至爱的境界。“爱命运”即是爱上帝——上帝创造了无限种命运，要是你碰上的这一种不可心，你就恨他吗？“爱命运”也是爱众生——设若那一种不可心的命运轮在了别人，你就会松一口气怎的？而凡·高所说的“经历生活”，分明是在暗示：此一处陌生的地方，不过是心魂之旅中的一处景观、一次际遇，未来的路途一样还是无限之问。

二〇〇七年十一月二十日

何处是归程

庐隐 / 文

"好复杂的人生！"

在纷歧的人生路上，沙侣也是一个怯生的旅行者。她现在虽然已是一个妻子和母亲了，但仍不时地徘徊歧路，悄问何处是归程。

这一天她预备请一个远方的归客，天色才朦胧，已经辗转不成梦了。她呆呆地望着淡紫色的帐顶，仿佛在那上边展露着紫罗兰的花影。正是四年前的一个春夜吧，微风暗送茉莉的温馨，眉月斜挂松尖把光筛洒在寂静的河堤上。她曾同玲素挽臂并肩，踯躅于嫩绿丛中。不过为了玲素去国，黯然的话别，一切的美景都染上离人眼中的血痕。

第二天的清晨，沙侣拿了一束紫罗兰花，到车站上送玲素。沙侣握着玲素的手说："素姐，珍重吧……四年后再见，但愿你我都如这含笑的春花，它是希望的象征啊！"那时玲素收了这花，火车已经慢慢地蠕动了——现在整整已经四年。

沙侣正眷怀着往事，不觉环顾自己的四周。忽看见身旁睡着十个月的孩子——绯红的双颊，垂复着长而黑的睫毛，娇小而圆润的面孔，不由得轻轻在他额上吻了一下。又轻轻坐了起来，披上一件绒布的夹衣，拉开帐，黄金色的日光已由玻璃窗外射了进来。听听楼下已有轻微的脚步声心想大约是张妈起来了吧。于是走到扶梯口轻轻喊了一声“张妈”，一个麻脸而微胖的妇人拿着一把铅壶上来了。沙侣扣着衣纽欠伸着道：“今天十点有客来，屋里和客厅的地板都要拖干净些……回头就去买小菜……阿福起来了吗？……叫他吃了早饭就到码头去接三小姐。另外还有一个客人，是和三小姐同轮船来的……她们九点钟到上海。早点去，不要误了事！”张妈放下铅壶，答应着去了。

沙侣走到梳妆台旁，正打算梳头，忽然看见镜子里自己的容颜老了许多，和墙上所挂的小照，大不同了。她不免暗惊岁月催人，梳子插在头上，怔怔地出起神来。她不住地想道：“这是怎么一回事呢？结婚，生子，做母亲……一切平淡地收束了，事业志趣都成了生命史上的陈迹……女人……这原来就是女人的天职。但谁能死心塌地地相信女人是这么简单的动物呢？……整理家务，扶养孩子，哦！侍候丈夫，这些琐碎的事情真够消磨人了。社会事业——由于个人的意志所发生的活动，只好不提吧。……唉，真惭愧对今天远道的归客！——别四年的玲素啊！她现在学成归国，正好施展她平生的抱负。她仿佛是光芒闪烁的北辰，可以为黑暗沉沉的夜景放一线的光明，为一切迷路者指引前程。哦，这是怎样的伟大和有意义！唉，我真太怯弱，为什么要结婚？妹妹一向抱独身主义，她的见识要比我高超呢！现在只有看人家奋飞，我已是时代的落伍者。十余年来所求知识，现在只好分付波臣，把一切都深埋海底吧。希望的花，随流光而枯萎，永永成为我灵宫里的一个残影啊……”沙侣无论如何排解不开这骚愁的秘结，禁不住悄悄地拭泪。忽听见前屋丈夫的咳嗽声，知道他已醒了，赶忙喊张妈端正面汤，预备点心，自己又跑过去替他拿替换的裤褂。一面又吩咐车夫吃早饭，把车子拉出去预备着。乱了一阵子，才想去洗脸，床上的小乖乖又醒了，连忙放下面巾，抱起小乖，换尿布，壁上的钟已当当地敲了九下。客人就要来了，一切都还不曾预备好，沙侣顾不得了，如走马灯似的忙着。

沙侣走到院子里，采了几支紫色的丁香插在白瓷瓶里，放在客厅的圆桌上。怅然坐在靠窗的沙发上，静静地等候玲素和她的三妹妹。在这沉寂而温馨的空气里，沙侣复重温她的旧梦，眼睫上不知何时又沾濡上泪液，仿佛晨露浸秋草。

不久门上的电铃，琅琅地响了。张妈"呀"的一声开了大门。一个年轻漂亮的女子，手里提了一个小皮包，含笑走了进来。沙侣忙上前握住她的手，似喜似怅地说道："你们回来了。玲素呢……""来了！沙侣！你好吗？想不到在这里看见你，听说你已经做了母亲，快让我看看我们的外甥……"沙侣默默地痴立着。玲素仿佛明白她的隐衷，因握着沙侣的手，恳切地说道："歧路百出的人生长途上，你总算找到归宿，不必想那些不如意的事吧！"沙侣蒸郁的热泪，不能勉强地咽下去了。她哽咽着叹道："玲姐，你何必拿这种言不由衷的话安慰我，归宿——我真是不敢深想，譬如坑洼里的水，它永永不动，那也算是有了归宿，但是太无聊而浅薄了。如果我但求如此的归宿，如此的归宿便是人生的真义，那么世界还有什么缺陷？"

"这是为什么？姐姐。你难道有什么不如意的事吗？"沙侣摇头叹道："妹妹，我哪敢妄求如意，世界上也有如意的事吗？只求事实与思想不过分的冲突，已经是万分的幸运了！"沙侣凄楚而深痛的语调，使得大家惘然了。三妹妹似不耐此种死一般的冷寂，站了起来，凭着窗子看院子里的蜜蜂，钻进花心采蜜。玲素依然紧握沙侣的手，安慰她道：“沙侣，不要太拘迹吧，有什么难受的呢？世界上所谓的真理，原不是绝对的。什么伟大和不朽，究竟太片面了，何尝能解决整个的人生？人生原来不是这样简单的，谁能够面面顾到？……如果天地是一个完整的，那么女娲氏倒不必炼石补天了，你也太想不开。”

“玲姐的话真不错，人生就仿佛是不知归程的旅行者，走到哪里算到哪里，只要是已经努力地走了，一切都可以卸责了。……姐姐总喜欢钻牛角尖，越钻越仄……我不怕你笑话，我独身主义的主张，近来有些摇动了……因为我已觉悟，固执是人生滋苦之因，不必拿别人说，且看我们的姑姑吧。”“姑姑近来怎么样？前些日子听说她患失眠很厉害，最近不知好了没有？三妹妹，你从故乡来，也听到她的消息吗？”

“姐姐！你自然很仰慕姑姑的努力啰……人们有的说像她这样才算伟大，但是不幸同时也有人冷笑说她无聊，出风头，姑姑恨起来常常咬着嘴唇道：‘龃龉的人类，永远是残酷的啊！’但有谁理会她，隔膜仿佛铁壁铜墙般矗立在人与人的中间。”

玲素听见三妹妹慨然地说着，也不觉有些心烦意乱，但仍勉强保持她深沉的态度，淡淡地说道：“我想世上既没有兼全的事，那么随遇而安自多乐趣，又何必矫俗干名？”

沙侣摇头道：“玲姐！我相信你更比我明白一切，因此我知道你的话还是为安慰我而发的……究竟你也是替我咽着眼泪，何妨大家痛快些哭一场呢……我老实地告诉你吧，女孩子们的心，完全迷惑于理想的花园里——玫瑰是爱情的象征，月光的洁幕下，恋人并肩地坐在花丛里，一切都超越人间，把两个灵魂搅和成一个，世界尽管和死般的沉寂，而他和她是息息相通的，是谐和的。唉，这种的诱惑力之下，谁能相信骨子里的真相呢……简直完全不是这么一回事——结婚的结果是把他和她从天上摔到人间，他们是为了家务的管理和性欲的发泄而娶妻。更痛快点说吧，许多女子也是为了吃饭享福而嫁丈夫——但是做着理想的花园的梦的女子，跑到这种的环境之下……玲姐，这难道不是悲剧吗？……前天芷芬来，她曾问我说：'你现在怎么样？看着杂乱如麻的国事，竟没有一些努力的意思吗？'玲姐，你知道芷芬这话，使我如何的受刺激！但是罪过，我当时竟说出些欺人自欺的话——'我现在一切都不想了，抚养大了这个小孩子也就算了。高兴时写点东西，念点书，消遣消遣。我本是个小人物，且早已看淡了一切的虚荣'……芷芬听罢，极不高兴，她用失望的眼光看着我道：'你能安于此也好，不过我也有我的思想……将军上马，各自奔前程吧！'她大概看我是个不堪造就的废物，连坐也不坐便走了。当时我觉得很抱歉，并且再扪扪心，我何尝真是没有责任心……啊，玲姐，怯弱的我只有悔恨我为什么要结婚呢？”沙侣说得十分伤心，不住地用罗巾拭泪。但是三妹妹总不信，不结婚便可以成全一切，她回过头来看着沙侣和玲素说：“让我们再谈谈不结婚的姑姑吧。”

“玲姐和姐姐，你们脑子里都应有姑姑的印象吧？美丽如春花般的面孔，玲珑而窈窕的身材、正仿佛这漂亮而馥郁的丁香花。可是只是这时候，是丁香的青春期、香色均臻浓艳；不过催人的岁月和不肯为人驻足的春之女神，转眼走了，一切便都改观。如果到了鹃啼嫣红，莺恋残枝，已是春事阑珊，只落得眷念既往的青春，那又是如何的可悲，如何的冷落……姑姑近来憔悴得多了，据我的观察，她或者正悔不曾及时地结婚呢！”沙侣虽听了这话，但不敢深信，微笑道：“三妹妹，你不要太把姑姑看弱了。”

三妹妹辩道：“你听我讲她一段故事吧。”

“今年中秋月夜，我和她同在古山住着，这夜恰是满山的好月色，瀑布和涧流都闪烁着银色的光。晚饭后，我们沿着石路土阶，慢慢奔北山峰，那里如疏星般列着几块光滑的岩石，我们拣了一块三角形的，并肩坐下。忽从微风里悄送来阵阵的暗香，我们借着月色的皎朗，看见岩石上攀着不少的藤蔓，也有如珊瑚色的圆球，认不出是什么东西。在我们的脚下，凹下去的地方有一道山涧，正潺潺湲湲地流动。我们彼此无言地对坐着，不久忽听见悠扬的歌声，正从对山的礼拜堂里发出来。姑姑很兴奋地站起来说：‘美妙极了，此时此地，倘若说就在这时候死了，岂不……真的到了那一天，或者有许多人要叹道：可惜，可惜她死得太早了，如果不死，前途成就正未可量啊……’我听了这话仿佛得了一种暗示，窥见姑姑心头隆起红肿的伤痕——我因问道：‘姑姑，你为什么说这种短气的话，你的前途正远，大家都希望你把成功的消息报告他们呢……’姑姑抚着我的肩叹道：‘三妹，你知道正是为了希望我的人多，我要早死了。只有死才能得最大的同情……想起两年前在北京为妇女运动奔走，结果只增加我一些惭愧，有些人竟赠了我一个‘准政客’的刻薄名词。后来因为运动宪法修改委员，给我们相当的援助，更不知受了多少嘲笑。末了到底被人造了许多谣言，什么和某人订婚了，最残忍的竟有人说我要给某人做姨太太，并且不止侮辱我一个。他们在酒酣耳热的时候，从他们喷唾沫的口角上，往往流露出轻薄的微笑，跟着，他们必定要求一个结论道：“这些女子都是拿着妇女运动作招牌，借题出风头”……你想我怎么受……偏偏我们的同志又不争气，文兰和美真又闹起三角恋爱，一天到晚闹笑话，我不免愤恨而终至于灰心。不久政局又发生了大变，国会解散……我们妇女同盟会也就冰消瓦解。在北京住着真觉无聊，更加着不知趣的某次长整天和我夹缠，使我决心离开北京……还以为回来以后，再想法团结同志以图再举，谁知道这里的环境更是不堪？唉……我的前途茫茫，成败不可必，倘若事业终无希望……倒不如早些做个结束……’

“姑姑黯然地站在月光之下，也许是悄悄地垂泪，但我不忍对她逼视。当我在回来的路上，姑姑又对我说：‘真的，我现在感到各方面都太孤零了。’玲姐，姑姑言外之意便可知了。”沙侣静听着，最后微笑道：“那么还是结婚好！”

玲素并不理会她的话，只悄悄地打算盘，怎么办？结婚也不好，不结婚也不好，歧路纷出，到底何处是归程啊？她不觉深深地叹道：“好复杂的人生！”

沙侣和三妹妹沉默了，大家各自想着心事。四围如死般的寂静，只有树梢头的黄鹂，正婉转着，巧弄她的珠喉呢。

春意挂上了树梢

萧红 / 文

哀哭着的是永久被人间遗弃的人们！

三月花还没有开，人们嗅不到花香，只是马路上融化了积雪的泥泞干起来。天空打起朦胧的多有春意的云彩；暖风和轻纱一般浮动在街道上、院子里。春末了，关外的人们才知道春来。春是来了，街头的白杨树蹿着芽，拖马车的马冒着气，马车夫们的大毡靴也不见了，行人道上外国女人的脚又从长统套鞋里显现出来。笑声，见面打招呼声，又复活在行人道上。商店为着快快地传播春天的感觉，橱窗里的花已经开了，草也绿了，那是布置着公园的夏景。我看得很凝神的时候，有人撞了我一下，是汪林，她也戴着那样小沿的帽子。

“天真暖啦！走路都有点热。”

看着她转过“商市街”，我们才来到另一家店铺，并不是买什么，只是看看，同时晒晒太阳。这样好的行人道，有树，也有椅子，坐在椅子上，把眼睛闭起，一切春的梦，春的谜，春的暖力……这一切把自己完全陷进去。听着，听着吧！春在歌唱……

“大爷、大奶奶……帮帮吧！……”这是什么歌呢，从背后来的？这不是春天的歌吧！

那个叫花子嘴里吃着个烂梨，一条腿和一只脚肿得把另一只显得好像不存在似的。“我的腿冻坏啦！大爷，帮帮吧！唉唉……”

有谁还记得冬天？阳光这样暖了！街树蹿着芽！

手风琴在隔道唱起来，这也不是春天的调，只要一看那个瞎人为着拉琴而挪歪的头，就觉得很残忍。瞎人他摸不到春天，他没有。坏了腿的人，他走不到春天，他有腿也等于无腿。

世界上这一些不幸的人，存在着也等于不存在，倒不如赶早把他们消灭掉，免得在春天他们会唱这样难听的歌。

汪林在院心吸着一支烟卷，她又换一套衣裳。那是淡绿色的，和树枝发出的芽一样的颜色。她腋下夹着一封信，看见我们，赶忙把信送进衣袋去。

“大概又是情书吧！”郎华随便说着玩笑话。

她跑进屋去了。香烟的烟缕在门外打了一下旋卷才消灭。

夜，春夜，中央大街充满了音乐的夜。流浪人的音乐、日本舞场的音乐、外国饭店的音乐……七点钟以后。中央大街的中段，在一条横口，那个很响的扩音机哇哇地叫起来，这歌声差不多响彻全街。若站在商店的玻璃窗前，会疑心是从玻璃发着震响。一条完全在风雪里寂寞的大街，今天第一次又号叫起来。

外国人！绅士样的，流氓样的，老婆子，少女们，跑了满街……有的连起人排来封闭住商店的窗子，但这只限于年轻人。也有的同唱机一样唱起来，但这也只限于年轻人。这好像特有的年轻人的集会。他们和姑娘们一道说笑，和姑娘们连起排来走。中国人来混在这些卷发人中间，少得只有七分之一，或八分之一。但是汪林在其中，我们又遇到她。她和另一个也和她同样打扮漂亮的、白脸的女人同走……

卷发的人用俄国话说她漂亮。她也用俄国话和他们笑了一阵。

中央大街的南端，人渐渐稀疏了。

墙根、转角，都发现着哀哭，老头子、孩子、母亲们……哀哭着的是永久被人间遗弃的人们！那边，还望得见那边快乐的人群。还听得见那边快乐的声音。

三月，花还没有，人们嗅不到花香。

夜的街，树枝上嫩绿的芽子看不见，是冬天吧？是秋天吧？但快乐的人们，不问四季总是快乐；哀哭的人们，不问四季也总是哀哭！

一九三五年三月至五月间

九十九度中

林徽因 / 文

“往年没有这么热，九十九度的天气在北平真可以的了。”一个客人摇了摇檀香扇，急着想做庄。

三个人肩上各挑着黄色，有“美丰楼”字号大圆篓的，用着六个满是泥泞凝结的布鞋，走完一条被太阳晒得滚烫的马路之后，转弯进了一个胡同里去。

“劳驾，借光——三十四号甲在哪一头？”在酸梅汤的摊子前面，让过一辆正在飞奔的家车——钢丝轮子亮得晃眼的——又向蹲在墙角影子底下的老头儿，问清了张宅方向后，这三个流汗的挑夫便又努力地往前走。那六只泥泞布履的脚，无条件地，继续着他们机械式的展动。

在那轻快的一瞥中，坐在洋车上的卢二爷看到黄篓上饭庄的字号，完全明白里面装的是丰盛的筵席，自然地，他估计到他自己午饭的问题。家里饭乏味，菜蔬缺乏个性，太太的脸难看，你简直就不能对她提到那厨子问题。这几天天太热，太热，并且今天已经二十二，什么事她都能够牵扯到薪水问题上，孩子们再一吵，谁能够在家里吃中饭！

“美丰楼饭庄”黄篓上黑字写得很笨大，方才第三个挑夫挑得特别吃劲，摇摇摆摆地使那黄篓左右地晃……

美丰楼的菜不能算坏，义永居的汤面实在也不错……于是义永居的汤面？还是市场万花斋的点心？东城或西城？找谁同去聊天？逸九新从南边来的住在哪里？或许老孟知道，何不到和记理发馆借个电话？卢二爷估计着，犹豫着，随着洋车的起落。他又好像已经决定了在和记借电话，听到伙计们的招呼：“……二爷您好早？……用电话，这边您哪！……”

伸出手臂，他睨一眼金表上所指示的时间，细小的两针分停在两个钟点上，但是分明的都在挣扎着到达十二点上边。在这时间中，车夫感觉到主人在车上翻动不安，便更抓稳了车把，弯下一点背，勇猛地狂跑。二爷心里仍然疑问着面或点心；东城或西城；车已赶过前面的几辆。一个女人骑着自行车，由他左侧冲过去，快镜似的一瞥，鲜艳的颜色，脚与腿，腰与背，侧脸、眼和头发，全映进老卢的眼里，那又是谁说过的……老卢就是爱看女人！女人谁又不爱？难道你在街上真闭上眼不瞧那过路的漂亮的！

“到市场，快点。”老卢吩咐他车夫奔驰的终点，于是主人和车夫戴着两顶价格极不相同的草帽，便同在一个太阳底下，向东安市场奔去。

很多好看的碟子和鲜果点心，全都在大厨房院里，从黄色层篓中检点出来。立着监视的有饭庄的“二掌柜”和张宅的“大师傅”；两人都因为胖的缘故，手里都有把大蒲扇。大师傅举着扇扑一下进来凑热闹的大黄狗。

“这东西最讨嫌不过！”这句话大师傅一半拿来骂狗，一半也是来权作和掌柜的寒暄。

“可不是？他 × 的，这东西真可恶。”二掌柜好脾气地用粗话也骂起狗。

狗无聊地转过头到垃圾堆边闻嗅隔夜的肉骨。

奶妈抱着孙少爷进来，七少奶每月用六元现洋雇她，抱孙少爷到厨房、门房、大门口、街上一些地方喂奶连游玩的。今天的厨房又是这样的不同；饭庄的“头把刀”带着几个伙计在灶边手忙脚乱地炒菜切肉丝，奶妈觉得孙少爷是更不能不来看：果然看到了生人，看到狗，看到厨房桌上全是好看的干果、鲜果、糕饼、点心，孙少爷格外高兴，在奶妈怀里跳，手指着要吃。奶妈随手赶开了几只苍蝇，拣一块山楂糕放到孩子口里，一面和伙计们打招呼。

忽然看到陈升走到院子里找赵奶奶，奶妈对他挤了挤眼，含笑地问：“什么事值得这么忙？”同时她打开衣襟露出前胸喂孩子奶吃。

“外边挑担子的要酒钱。”陈升没有平时的温和，或许是太忙了的缘故。老太太这次做寿，比上个月四少奶小孙少爷的满月酒的确忙多了。

此刻那三个粗蠢的挑夫蹲在外院槐树荫下，用暗黑的毛巾擦他们的脑袋，等候着他们这满身淋汗的代价。一个探首到里院偷偷看院内华丽的景象。

里院和厨房所呈的纷乱固然完全不同，但是它们纷乱的主要原因则是同样的，为着六十九年前的今天。六十九年前的今天，江南一个富家里又添了一个绸缎金银裹托着的小生命。经过六十九个像今年这样流汗天气的夏天，又产生过另十一个同样需要绸缎金银的生命以后，那个生命乃被称为长寿而又有福气的妇人。这个妇人，今早由两个老妈扶着，坐在床前，拢一下斑白稀疏的鬓发，对着半碗火腿稀饭摇头：

“赵妈，我哪里吃得下这许多？你把锅里的拿去给七少奶的云乖乖吃吧……”

七十年的穿插，已经卷在历史的章页里，在今天的院里能呈露出多少，谁也不敢说。事实是今天，将有很多打扮得极体面的男女来庆祝，庆祝能够维持这样长久寿命的女人，并且为这一庆祝，饭庄里已将许多生物的寿命裁削了，拿它们的肌肉来补充这庆祝者的肠胃。

前两天这院子就为了这事改变了模样，簇新的喜棚支出瓦檐丈余尺高。两旁红喜字玻璃方窗，由胡同的东头，和顺车厂的院里是可以看得很清楚的。前晚上六点左右，小三和环子，两个洋车夫的儿子，倒土筐的时候看到了，就告诉他们嬷：“张家喜棚都搭好了，是哪一个孙少爷娶新娘子？”他们嬷为这事，还拿了鞋样到陈大嫂家说个话儿。正看到她在包饺子，笑嘻嘻地得意得很，说老太太做整寿——多好福气——她当家的跟了张老太爷多少年。昨天张家三少奶还叫她进去，说到日子要她去帮个忙儿。

喜棚底下圆桌面就有七八张，方凳更是成叠地堆在一边；几个夫役持着鸡毛帚，忙了半早上才排好五桌。小孩子又多，什么孙少爷，侄孙少爷，姑太太们带来的那几位都够淘气的。李贵这边排好几张，那边小爷们又扯走了排火车玩。天热得厉害，苍蝇是免不了多，点心干果都不敢先往桌子上摆。冰化得也快，篓子底下冰水化了满地！汽水瓶子挤满了厢房的廊上，五少奶看见了只嚷不行，全要冰起来。

全要冰起来！真是的，今天的食品全摆起来够像个菜市，四个冰箱也腾不出一点空隙。这新买来的冰又放在哪里好？李贵手里捧着两个绿瓦盆，私下里咕噜着为这筵席所发生的难题。

赵妈走到外院传话，听到陈升很不高兴地在问三个挑夫要多少酒钱。

“瞅着给吧。”一个说。

“怪热天多赏点吧。”又一个抿了抿干燥的口唇，想到方才胡同口的酸梅汤摊子，嘴里觉着渴。

就是这嘴里渴得难受，杨三把卢二爷拉到东安市场西门口，心想方才在那个“喜什么堂”门首，明明看到王康坐在洋车脚蹬上睡午觉。王康上月底欠了杨三十四吊钱，到现在仍不肯还；只顾着躲他。今天债主遇到赊债的赌鬼，心头起了各种的计算——杨三到饿的时候，脾气常常要比平时坏一点。天本来就太热，太阳简直是冒火，谁又受得了！方才二爷坐在车上，尽管用劲踩铃，金鱼胡同走道的学生们又多，你撞我闯的，挤得真可以的。杨三擦了汗一手抓住车把，拉了空车转回头去找王康要账。

“要不着八吊要六吊，再要不着，要他 × 的几个混蛋嘴巴！”杨三脖干儿上太阳烫得像火烧，“四吊多钱我买点羊肉，吃一顿好的。葱花烙饼也不坏——谁又说大热天不能喝酒？喝点又怕什么——睡得更香。卢二爷到市场吃饭，进去少不了好几个钟头……”

喜燕堂门口挂着彩，几个乐队里人穿着红色制服，坐在门口喝茶——他们把大铜鼓搁在一旁，铜喇叭夹在两膝中间。杨三知道这又是哪一家办喜事。反正一礼拜短不了有两天好日子，就在这喜燕堂，哪一个礼拜没有一辆花马车，里面搀出花溜溜的新娘？今天的花车还停在一旁……

“王康，可不是他！”杨三看到王康在小挑子的担里买香瓜吃。

“有钱的娶媳妇，和咱们没有钱的娶媳妇，还不是一样？花多少钱娶了她，她也短不了要这个那个的——这年头！好媳妇，好！你瞧怎么着？更惹不起！管你要钱，气你喝酒！再有了孩子，又得顾他们吃，顾他们穿……”

王康说话就是要“逗个乐儿”，人家不敢说的话他敢说。一群车夫听到他的话，各各高兴地凑点尾声。李荣手里捧着大饼，用着他最现成的粗话引着那几个年轻的笑。李荣从前是拉过家车的——可惜东家回南，把事情就搁下来了——他认得字，会看报，他会用新名词来发议论：“文明结婚可不同了，这年头是最讲‘自由’‘平等’的了。”底下再引用了小报上捡来离婚的新闻打哈哈。

杨三没有娶过媳妇，他想娶，可是“老家儿”早过去了没有给他定下亲，外面瞎姘的他没敢要。前两天，棚铺的掌柜娘要同他做媒；提起了一个姑娘说是什么都不错，这几天不知道怎么又没有讯儿了。今天洋车夫们说笑的话，杨三听了感着不痛快。看看王康的脸在太阳里笑得皱成一团，更使他气起来。

王康仍然笑着说话，没有看到杨三，手里咬剩的半个香瓜里面，黄黄的一把瓜子像不整齐的牙齿向着上面。

“老康！这些日子都到哪里去了？我这儿还等着钱吃饭呢！”杨三乘着一股劲发作。

听到声，王康怔了向后看：“呵，这打哪儿说得呢？”他开始赖账了，“你要吃饭，你打你×的自己腰包里掏！要不然，你出个份子，进去那里边，”他手指着喜燕堂，“吃个现成的席去。”王康的嘴说得滑了，禁不住这样嘲笑着杨三。

周围的人也都跟着笑起来。

本来准备着对付赖账的巴掌，立刻打到王康的老脸上了。必须地扭打，由蓝布幕的小摊边开始，一直扩张到停洋车的地方。来往汽车的喇叭，像被打的狗，呜呜叫号。好几辆正在街心奔驰的洋车都停住了，流汗车夫连喊着：“靠里！”“瞧车！”脾气暴的人顺口就是：“他×的，这大热天，单挑这么个地方！！”

巡警离开了岗位；小孩子们围上来；喝茶的军乐队人员全站起来看；女人们吓得只喊：“了不得，前面出事了吧！”

杨三提高嗓子只嚷着问王康：“十四吊钱，是你——是你拿走了不是了——”

呼喊的声浪由扭打的两人出发，膨胀，膨胀到周围各种人的口里：“你听我说……”“把他们拉开……”“这样挡着路……瞧腿要紧。”嘈杂声中还有人叉着手远远地喊：“打得好呀，好拳头！”

喜燕堂正厅里挂着金喜字红幛，几对喜联，新娘正在服从号令，连连地深深地鞠躬。外边的喧吵使周围客人的头同时向外面转，似乎打听外面喧吵的缘故。新娘本来就是一阵阵地心跳，此刻更加失掉了均衡；一下子撞上，一下子沉下，手里抱着的鲜花随着只是打战。雷响深入她耳朵里，心房里……

“新郎新妇——三鞠躬……三鞠躬。”阿淑在迷惘里弯腰伸直，伸直弯腰。昨晚上她哭，她妈也哭，将一串经验上得来的教训，拿出来赠给她——什么对老人要忍耐点，对小的要和气，什么事都要让着点——好像生活就是靠容忍和让步支持着！

她焦心的不是在公婆妯娌间的委曲求全。这几年对婚姻问题谁都讨论得热闹，她就不懂那些讨论的道理遇到实际时怎么就不发生关系。她这结婚的实际，并没有因为她多留心报纸上、新文学上所讨论的婚姻问题、家庭问题、恋爱问题，而减少了问题。

“二十五岁了……”有人问到阿淑的岁数时，她妈总是发愁似的轻轻地回答那问她的人，底下说不清是叹息是啰唆。

在这旧式家庭里，阿淑算是已经超出应该结婚的年龄很多了，她知道。父母那急着要她出嫁的神情使她太难堪！他们天天在替她选择合适的人家——其实哪里是选择！反对她尽管反对，那只是消极的无奈何的抵抗，她自己明知道是绝对没有机会选择，乃至于接触比较合适、理想的人物！她挣扎了三年，三年的时间不算短，在她父亲看去那更是不可信的长久……

“余家又托人来提了，你和阿淑商量商量吧，我这身体眼见得更糟，这潮湿天……”父亲的话常常说得很响，故意要她听得见，有时在饭桌上脾气或许更坏一点。“这六十块钱，养活这一大家子！养儿养女都不够，还要捐什么钱？干脆饿死！”有时更直接更难堪：“这又是谁的新袍子？阿淑，你别学时髦穿了到处走，那是找不着婆婆家的——外面瞎认识什么朋友我可不答应，我们不是那种人家！”……懦弱的母亲低着头装作缝衣：“妈劝你将就点……爹身体近来不好……女儿不能在娘家一辈子的……这家子不算坏；差事不错，前妻没有孩子不能算填房……”

理论和实际似乎永不发生关系；理论说婚姻得怎样又怎样，今天阿淑都记不得那许多了。实际呢，只要她点一次头，让一个陌生的、异姓的、异性的人坐在她家里，乃至于她旁边，吃一顿饭的手续，父亲和母亲这两三年——兴许已是五六年来的——难题便突然地，在他们是觉得极文明地解决了。

对于阿淑这订婚的疑惧，常使她父亲像小孩子似的自己安慰自己：阿淑这门亲事真是运气呀，说时总希望阿淑听见这话。不知怎样，阿淑听到这话总很可怜父亲，想装出高兴样子来安慰他。母亲更可怜；自从阿淑订婚以来总似乎对她抱歉，常常哑着嗓子说："看我做母亲的这份心上面。"

看做母亲的那份心上面！那天她初次见到那陌生的、异姓的、异性的人，那个庸俗的典型触碎她那一点脆弱的爱美的希望，她怔住了，能去寻死，为婚姻失望而自杀吗？可以大胆告诉父亲，这婚约是不可能的吗？能逃脱这家庭的苛刑（在爱的招牌下的）去冒险，去漂落吗？

她没有勇气说什么，她哭了一会儿，妈也流了眼泪，后来妈说："阿淑你这几天瘦了，别哭了，做娘的也只是一份心……"现在一鞠躬，一鞠躬地和幸福作别，事情已经太晚得没有办法了。

吵闹的声浪愈加明显了一阵，伴娘为新娘戴上戒指，又由赞礼的喊了一些命令。

迷离中阿淑开始幻想那外面吵闹的原因：洋车夫打电车吧，汽车轧伤了人吧，学生又请愿，当局派军警弹压吧……但是阿淑想怎么我还如是焦急，现在我该像死人一样了，生活的波澜该沾不上我了，像已经临刑的人。但临刑也好，被迫结婚也好，在电影里到了这种无可奈何的时候总有一个意料不到快慰人心的解脱，不合法，特赦，恋人骑着马星夜奔波地赶到……但谁是她的恋人？除却九哥！学政治法律，讲究新思想的九哥，得着他表妹阿淑结婚的消息不知怎样？他恨由父母把持的婚姻……但准知道他关心吗？他们多少年不来往了，虽然在山东住的时候，他们曾经邻居，两小无猜地整天在一起玩。幻想是不中用的，九哥先就不在北平，两年前他回来过一次，她记得自己遇到九哥扶着一位漂亮的女同学在书店前边，她躲过了九哥的视线，惭愧自己一身不入时的装束，她不愿和九哥的女友做个太难堪的比较。

感到手酸，心酸，浑身打战，阿淑由一堆人拥簇着退到里面房间休息。女客们在新娘前后彼此寒暄招呼，彼此注意大家的装扮。有几个很不客气在批评新娘子，显然认为不满意。“新娘太单薄点。”一个折着十几层下颏的胖女人，摇着扇和旁边的六姨说话。阿淑觉到她自己真可以立刻碰得粉碎；这位胖太太像一座石臼，六姨则像一根铁杵横在前面，阿淑两手发抖拉紧了一块丝巾，听老妈在她头上不住地搬弄那几朵绒花。

随着花露水香味进屋子来的，是锡娇和丽丽，六姨的两个女儿，她们的装扮已经招了许多羡慕的眼光。有电影明星细眉的锡娇抓把瓜子嗑着，猩红的嘴唇里露出雪白的牙齿。她暗中扯了她妹妹的衣襟，嘴向一个客人的侧面努了一下。丽丽立刻笑红了脸，拿出一条丝绸手绢蒙住嘴挤出人堆到廊上走，望着已经在席上的男客们。有几个已经提起筷子高高兴兴地在选择肥美的鸡肉，一面讲着笑话，顿时都为着丽丽的笑声转过脸来，镇住眼看她。丽丽扭一下腰，又摆了一下，软的长衫轻轻展开，露出裹着肉色丝袜的长腿走过另一边去。

年轻的茶房穿着蓝布大褂，肩搭一块桌布，由厨房里出来，两只手拿四碟冷荤，几乎撞住丽丽。闻到花露香味，茶房忘却顾忌地斜过眼看。昨晚他上菜的时候，那唱戏的云娟坐在首席曾对着他笑，两只水钻耳坠，打秋千似的左右晃。他最忘不了云娟旁座的张四爷，抓住她如玉的手臂劝干杯的情形。笑眯眯的带醉的眼，云娟明明是向着正端着大碗三鲜汤的他笑。他记得放平了大碗，心还怦怦地跳。直到晚上他睡不着，躺在院里板凳上乘凉，随口唱几声"孤王……酒醉……"才算松动了些。今天又是这么一个笑嘻嘻的小姐，穿着这一身软，茶房垂下头去拿酒壶，心底似乎恨谁似的一股气。

"逸九你喝一杯什么？"老卢做东这样问。

"我来一杯香桃冰激凌吧。"

"你去拣几块好点心，老孟。"主人又招呼那一个客。午饭问题算是如此解决了。为着天热，又为着起得太晚，老卢看到点心铺前面挂的"卫生冰激凌、咖啡、牛乳、各样点心"这种动人的招牌，便决意里面去消磨时光。约到逸九和老孟来聊天，老卢显然很满意了。

三个人之中，逸九最年少，最摩登。在中学时代就是一口英文，屋子里挂着不是"梨娜"就是"琴妮"的相片，从电影杂志里细心剪下来的，圆一张，方一张，满壁动人的娇憨——他到上海去了两年，跳舞更是出色了，老卢端详着自己的脚，打算找逸九带他到舞场拜老师去。

"哪个电影好，今天下午？"老孟抓一张报纸看。

邻座上两个情人模样男女，对面坐着呆看。男人有很温和的脸，抽着烟没有说话；女人的侧相则颇有动人的轮廓，睫毛长长地活动着，脸上时时浮微笑。她的青纱长衫罩着丰润的肩臂，带着神秘性的淡雅。两人无声地吃着冰激凌，似乎对于一切完全地满足。

老卢、老孟谈着时局，老卢既是机关人员，时常免不了说“我又有个特别的消息，这样看来里面还有原因”，于是一层一层地做更详细原因的检讨，深深地浸入政治波澜里面。

逸九看着女人的睫毛和浮起的笑涡，想到好几年前同在假山后捉迷藏的琼——两条发辫，一个垂前，一个垂后地跳跃。琼已经死了这六七年，谁也没有再提起过她。今天这青长衫的女人，单单叫他心底涌起琼的影子。不可思议的，淡淡的，记忆描着活泼的琼。在极旧式的家庭里淘气，二舅舅提根旱烟管，厉声地出来停止她各种的嬉戏。但是琼只是敛住声音低低地笑。雨下大了，院中满是水，又是琼胆子大，把裤腿卷过膝盖，赤着脚，到水里装摸鱼。不小心她滑倒了，还是逸九去把她抱回来。和琼差不多大小的还有阿淑，住在对门，他们时常在一起玩，逸九忽然记起瘦小、不爱说话的阿淑来。

“听说阿淑快要结婚了，嬷嘱咐到表姨家问候，不知道阿淑要嫁给谁！”他似乎怕到表姨家。这几年的生疏叫他为难，前年他们遇见一次，装束不入时的阿淑倒有种特有的美，一种灵性……奇怪今天这青长衫女人为什么叫他想起这许多……

“逸九，你有相当的聪明，手腕，你又能巴结女人，你也应该来试试，我介绍你见老王。”

倦了的逸九忽然感到苦闷。

老卢手弹着桌边表示不高兴："老孟你少说话，逸九这位大少爷说不定他倒愿意去演电影呢！"种种都有一点落伍的老卢嘲笑着翩翩年少的朋友出气。

青纱长衫的女人和她朋友吃完了，站了起来。男的手托着女人的臂腕，无声地绕过他们三人的茶桌前面，走出门去。老卢、逸九注意到女人有秀美的腿，稳健的步履。两人的融洽，在不言不语中流露出来。

"他们是甜心！"

"愿有情人都成眷属。"

"这女人算好看不？"

三个人同时说出口来，各各有所感触。

午后的热，由窗口外嘘进来，三个朋友吃下许多清凉的东西，更不知做什么好。

"电影院去，咱们去研究一回什么'人生问题''社会问题'吧？"逸九望着桌上的空杯，催促着卢、孟两个走。心里仍然浮着琼的影子。活泼、美丽、健硕，全幻灭在死的幕后，时间一样地向前，计量着死的实在。像今天这样，偶尔的回忆就算是证实琼有过活泼生命的唯一的证据。

东安市场门口洋车像放大的蚂蚁一串，头尾衔接着放在街沿。杨三已不在他寻常停车的地方。

"区里去，好，区里去！咱们到区里说个理去！"就是这样，王康和杨三到底结束了殴打，被两个巡警弹压下来。

刘太太打着油纸伞，端正地坐在洋车上，想金裁缝太不小心了，今天这件绸衫下摆仍然不合适，领也太小，紧得透不了气，想不到今天这样热，早知道还不如穿纱的去。裁缝赶做的活总要出点毛病。实甫现在脾气更坏一点，老嫌女人们麻烦。每次有个应酬你总要听他说一顿的。今天张老太太做整寿，又不比得寻常的场面可以随便……

对面来了浅蓝色衣服的年轻小姐，极时髦的装束使刘太太睁大了眼注意了。

“刘太太哪里去？”蓝衣小姐笑了笑，远远招呼她一声过去了。

“人家的衣服怎么如此合适！”刘太太不耐烦地举着花纸伞。

“呜呜——呜呜……”汽车的喇叭响得震耳。

“打住。”洋车夫紧抓车把，缩住车身前冲的趋势。汽车过去后，由刘太太车旁走出一个巡警，带着两个粗人：一根白绳由一个的臂膀系到另一个的臂上。巡警执着绳端，板着脸走着。一个粗人显然是车夫；手里仍然拉着空车，嘴里咕噜着。很讲究的车身，各件白铜都擦得放亮，后面铜牌上还镌着“卢”字。这又是谁家的车夫，闹出事让巡警拉走。刘太太恨恨地一想车夫们爱肇事的可恶，反正他们到区里去少不了东家设法把他们保出来的……

“靠里！靠里！”威风的刘家车夫是不耐烦挤在别人车后的——老爷是局长，太太此刻出去阔绰的应酬，洋车又是新打的，两盏灯发出银光……哗啦一下，靠手板在另一个车边擦一下，车已猛冲到前头走了。刘太太的花油纸伞在日光中摇摇荡荡地迎着风，顺着街心溜向北去。

胡同口酸梅汤摊边刚走开了三个挑夫。酸凉的一杯水，短时间地给他们愉快，六只泥泞的脚仍然踏着滚烫的马路行去。卖酸梅汤的老头儿手里正在数着几十枚铜元，一把小鸡毛帚夹在腋下。他翻上两颗暗淡的眼珠，看看过去的花纸伞，知道这是到张家去的客人。他想今天为着张家做寿，客人多，他们的车夫少不得来摊上喝点凉的解渴。

“两吊……三吊！”他动着他的手指，把一摞铜元收入摊边美人牌香烟的纸盒中。不知道今天这冰够不够使用的，他翻开几重荷叶和一块灰黑色的破布，仍然用着他暗淡的眼珠向磁缸里的冰块端详了一回。“天不热，喝的人少，天热了，冰又化得太快！”事情哪一件不有为难的地方，他叹口气再翻眼看看过去的汽车。汽车轧起一阵尘土，笼罩着老人和他的摊子。

寒暑表中的水银从早起上升，一直过了九十五度的黑线上。喜棚底下比较阴凉的一片地面上曾聚过各种各色的人物。丁大夫也是其间一个。

丁大夫是张老太太内侄孙，德国学医刚回来不久，麻利，漂亮，现在社会上已经有了声望，和他同席的都借着他是医生的缘故，拿北平市卫生问题做谈料，什么鼠疫、伤寒、预防针、微菌，全在吞咽八宝东瓜、瓦块鱼、锅贴鸡、炒虾仁中间讨论过。

“贵医院有预防针，是好极了。我们过几天要来麻烦请教了。”说话的以为如果微菌听到他有打预防针的决心也皆气馁了。

“欢迎，欢迎。”

厨房送上一碗凉菜。丁大夫踌躇之后决意放弃吃这碗菜的权利。

小孩们都抢了盘子边上放的小冰块，含到嘴里嚼着玩，其他客喜欢这凉菜的也就不少。天实在热！

张家几位少奶奶装扮得非常得体，头上都戴朵红花，表示对旧礼教习尚仍然相当遵守的。在院子中盘旋着做主人，各人心里都明白自己今天的体面。好几个星期前就顾虑到的今天，她们所理想到的今天各种成功，已然顺序的，在眼前实现。虽然为着这重要的今天，各人都轮流着觉得受过委屈，生过气，用过心思和手腕，将就过许多不如意的细节。

老太太颤巍巍地喘息着，继续维持着她的寿命。杂乱模糊的回忆在脑子里浮沉。兰兰七岁的那年……送阿旭到上海医病的那年真热……生四宝的时候在湖南，于是生育、病痛、兵乱、行旅、婚娶，没秩序、没规则地纷纷在她记忆下掀动。

“我给老太太拜寿，您给回一声吧。”

这又是谁的声音？这样大！老太太睁开打瞌睡的眼，看一个浓妆的妇人对她鞠躬问好。刘太太——谁又是刘太太，真是的！今天客人太多了，好吃劲。老太太扶着赵妈站起来还礼。

“别客气了，外边坐吧。”二少奶伴着客人出去。

谁又是这刘太太……谁？……老太太模模糊糊地又做了一些猜想，望着门槛又堕入各种的回忆里去。

坐在门槛上的小丫头寿儿，看着院里石榴花出神。她巴不得酒席可以快点开完，底下人们可以吃中饭，她肚子里实在饿得慌。一早眼睛所接触的，大部分几乎全是可口的食品，但是她仍然是饿着肚子，坐在老太太门槛上等候呼唤。她极想再到前院去看看热闹，但为想到上次被打的情形，只得竭力忍耐。在饥饿中，有一桩事她仍然没有忘掉她的高兴。因为老太太的整寿，大少奶给她一副银镯。虽然为着捶背而酸乏的手臂懒得转动，她仍不时得意地举起手来，晃摇着她的新镯子。

午后的太阳斜到东廊上，后院子暂时沉睡在静寂中。幼兰在书房里和羽哭着闹脾气：

“你们都欺侮我，上次赛球我就没有去看。为什么要去？反正人家也不欢迎我……慧石不肯说，可是我知道你和阿玲在一起玩得上劲。”抽噎的声音微微地由廊上传来。

“等会儿客人进来了不好看……别哭……你听我说……绝对没有这么回事的。咱们是亲表谁不知道我们亲热，你是我的兰，永远，永远的是我的最爱最爱的……你信我……”

“你在哄骗我，我……我永远不会再信你的了……”

“你又来伤我，你心狠……”

声音微下去，也和缓了许多，又过了一些时候，才有轻轻的笑语声。小丫头仍然饿得慌，仍然坐在门槛上没有敢动，她听着小外孙小姐和羽孙少爷老是吵嘴，哭哭啼啼的，她不懂。一会儿他们又笑着一块儿由书房里出来。

“我到婆婆的里间洗个脸去。寿儿你给我打盆洗脸水去。”

寿儿得着打水的命令，高兴地站起来。什么事也比坐着等老太太睡醒都好一点儿。

“别忘了晚饭等我一桌吃。”羽说完大步地跑出去。

后院顿时又堕入闷热的静寂里；柳条的影子画上粉墙，太阳的红比得胭脂。墙外天蓝蓝的没有一片云，像戏台上的布景。隐隐地送来小贩子叫卖的声音——卖西瓜的——卖凉席的，一阵一阵。

挑夫提起力气喊他孩子，找他媳妇。天快要黑下来，媳妇还坐在门口纳鞋底子；赶着那一点天亮再做完一只。一个月她当家的要穿两双鞋子，有时还不够的，方才当家的回家来说不舒服，睡倒在炕上，这半天也没有醒。她放下鞋底又走到旁边一家小铺里买点生姜，说几句话儿。

断续着呻吟，挑夫开始感到苦痛，不该喝那冰凉东西，早知道这大暑天，还不如喝口热茶！迷惘中他看到茶碗、茶缸，施茶的人家、碗、碟、果子杂乱地绕着大圆篓，他又像看到张家的厨房。不到一刻他肚子里像纠麻绳一般痛，发狂地呕吐使他沉入严重的症候里和死搏斗。

挑夫媳妇失了主意，喊孩子出去到药铺求点药。那边时常夏天是施暑药的……

邻居积渐知道挑夫家里出了事，看过报纸的说许是霍乱，要扎针的。张秃子认得大街东头的西医丁家，他披上小褂子，一边扣钮子，一边跑。丁大夫的门牌挂高高的，新漆大门两扇紧闭着。张秃子找着电铃死命地按，又在门缝里张望了好一会儿，才有人出来开门。什么事？什么事？门房望着张秃子生气，张秃子看着丁宅的门房说："劳驾——劳驾您大爷，我们'街坊'李挑子中了暑，托我来行点药。"

"丁大夫和管药房先生'出份子去了'没有在家，这里也没有旁人，这事谁又懂得？！"门房吞吞吐吐地说，"还是到对门益年堂打听吧。"大门已经差不多关上。

张秃子又跑了，跑到益年堂，听说一个孩子拿了暑药已经走了。张秃子是信教的，他相信外国医院的药，他又跑到那边医院里打听，等了半天，说那里不是施医院，并且也不收传染病的，医生晚上也都回家了，助手没有得上边话不能随便走开的。

“最好快报告区里，找卫生局里人。”管事的告诉他，但是卫生局又在哪里……

到张秃子失望地走回自己院子里的时候，天已经黑了下来，他听见李大嫂的哭声知道事情不行了。院里瓷罐子里还放出浓馥的药味。他顿一下脚，“咱们这命苦的……”他已在想如何去捐募点钱，收殓他朋友的尸体。叫孝子挨家去磕头吧！

天黑了下来张宅跨院里更热闹，水月灯底下围着许多孩子，看变戏法的由袍子里捧出一大缸金鱼，一盘子“王母蟠桃”献到老太太面前。孩子们都凑上去验看金鱼的真假。老太太高兴地笑。

大爷熟识捧场过的名伶自动地要送戏，正院前边搭着戏台，当差的忙着拦阻外面杂人往里挤，大爷由上海回来，两年中还是第一次——这次碍着母亲整寿的面，不回来太难为情。这几天行市不稳定，工人们听说很活动，本来就不放心走开，并且厂里的老赵靠不住，大爷最记挂……

看到院里戏台上正开场，又看廊上的灯，听听厢房各处传来的牌声、风扇声、开汽水声，大爷知道一切都圆满地进行，明天事完了，他就可以走了。

“伯伯上哪儿去？”游廊对面走出一个清秀的女孩。他怔住了看，慧石——是他兄弟的女儿，已经长得这么大了？大爷伤感着，看他早死兄弟的遗腹女儿：她长得实在像她爸爸……实在像她爸爸……

“慧石，是你。长得这样俊，伯伯快认不得了。”

慧石只是笑，笑。大伯伯还会说笑话，她觉得太料想不到的事，同时她像被电击一样，触到伯伯眼里蕴住的怜爱，一股心酸抓紧了她的嗓子。

她仍只是笑。

“哪一年毕业？”大伯伯问她。

“明年。”

“毕业了到伯伯那里住。”

“好极了。”

“喜欢上海不？”

她摇摇头：“没有北平好。可是可以找事做，倒不错。”

伯伯走了，容易伤感的慧石急忙回到卧室里，想哭一哭，但眼睛湿了几回，也就不哭了，又在镜子前抹点粉笑了笑；她喜欢伯伯对她那和蔼态度。嬷常常不满伯伯和伯母的，常说些不高兴他们的话，但她自己却总觉得喜欢这伯伯的。

也许是骨肉关系有种不可思议的亲热，也许是因为感激知己的心，慧石知道她更喜欢她这伯伯了。

厢房里电话铃响。

“丁宅呀，找丁大夫说话？等一等。”

丁大夫的手气不坏，刚和了一牌三番，他得意地站起来接电话：

“知道了，知道了，回头就去叫他派车到张宅来接。什么？要暑药的？发痧中暑？叫他到平济医院去吧。”

“天实在热，今天，中暑的一定不少。”五少奶坐在牌桌上抽烟，等丁大夫打电话回来。“下午两点的时候刚刚九十九度啦！”她睁大了眼表示严重。

“往年没有这么热，九十九度的天气在北平真可以的了。”一个客人摇了摇檀香扇，急着想做庄。

咔嗒一声，丁大夫将电话挂上。

报馆到这时候积渐热闹，排字工人流着汗在机器房里忙着。编辑坐到公事桌上面批阅新闻。本市新闻由各区里送到；编辑略略将张宅名伶送戏一节细细看了看，想到方才同太太在市场吃冰激凌后，遇到街上的打架，又看看那段厮打的新闻，于是很自然地写着“西四牌楼三条胡同卢宅车夫杨三……”新闻里将杨三、王康的争斗形容得非常动听，一直到了“扭区成讼”。

再看一些零碎，他不禁注意到挑夫霍乱数小时毙命一节，感到白天去吃冰激凌是件不聪明的事。

杨三在热臭的拘留所里发愁，想着主人应该得到他出事的消息了，怎么还没有设法来保他出去。王康则在又一间房子里喂臭虫，苟且地睡觉。

“……哪儿呀，我卢宅呀，请王先生说话……”老卢为着洋车被扣已经打了好几个电话了，在晚饭桌他听着太太的埋怨……那杨三真是太没有样子，准是又喝醉了，三天两回闹事。

“……对啦，找王先生有要紧事，出去饭局了吗，回头请他给卢宅来个电话！别忘了！”

这大热晚上难道闷在家里听太太埋怨？杨三又没有回来，还得出去雇车，老卢不耐烦地躺在床上看报，一手抓起一把蒲扇赶开蚊子。

（原载一九三四年五月《学文》一卷一期）

美感与人生

傅斯年 / 文

美感是趣味的渊源。

我平生不曾于美感上加以有条理的研究，没有读过讲论美感的书，又很少把自身的经验加以深思的剖解。虽时常有些感动心脾的境界——如听到好听的音乐，便觉得这身子像散作气体样的；步行山中，虽头昏眼花，总不知道倦意；等等。凡人皆有的感情——总难得把这境界用意思显出来，这意思又很难用语言表达。在有文学技能的人还能不逻辑地表达于诗文之内，有同感的人，自然界也能不逻辑地心领神会，偏我又不能。若作逻辑的文章表达这些思想，更是难事。所以我平常所得的这类经历，只好放在心里久久忘去就是了。

在 Tydeus 船上写一封信给北京的朋友们，偶有两句说到自然的美，发了小小的议论，引起我的好朋友俞君平伯和我的一大块泛滥不知所归的辩论。当时辩论，愤于言色；过后想想，可发一笑。终究不如把我对于这类的感想写下，一时想到的而又可以用话表达得个大概来，免为在肚里闷着腐败。虽说“今年所作明年必悔”，但应悔的见解正多，添一个不加多。我就在篇端声明，这篇见解只是一个不学的人的直觉的感想，而且是在船上神魂闷倦时写的。

任凭何人，都很容易感觉疲劳。任凭何时，都很容易受些苦痛。

从皮面看，疲劳、苦痛好像人生的最不幸事，但实际上疲劳、苦痛并不能把人生糟蹋得怎样了；有时疲劳、苦痛越多，人生前进得越猛。所以然者，第一靠着疲劳、疾苦有些报酬物，得到报酬物，登时把疲劳、苦痛丢得远远的；第二靠着有个建造新鲜精神的原力，这原力建造出新鲜精神，就把那被疲劳、苦痛所糟蹋的补足填满。所以人生如波，一伏一起，一消一长。消长之间，见出趣味；趣味之内，证了人生。但这些报酬物和原力是什么？现在颇难条条举出。随便举两个例：Mill① 在他所做的 *On liberty*② 的前面写下百多字的个 Delication③，上边说："她的（他夫人的，在做这本书时已死）契合赞诺是我著述的苦痛的唯一报酬物。"又说："我若能把她当年契合的意思的一半传布世人，这本书就真是了不得的了。"（原文记不精确，姑举其意。）从他这一往情深的话头，可以显出他的精神安顿的所在，他的精神就安顿在他的夫人的智慧情感上。他的夫人的智慧情感，就是他为著作直接所得的疲劳、间接所得的苦痛的唯一报酬物，并且是他的新鲜精神的建造者。这也不限于 Mill，世人这般的正多。所以古人常常地想，有了可以通情契意的夫人，就可以捐弃一生的世间牵连，而去归隐。再举一例：一个人辛苦极了，听到舒畅的音乐，偏能把辛劳疾苦舒畅得干干净净；若又听到鼓荡的音乐，又要把这心境鼓励到天空去。当这时节，如是富于感情的人，他这心里当说不出怎么好了。能

---

① 穆勒（1806—1873），英国哲学家、经济学家。

② 即穆勒的《论自由》。

③ 译为"献辞"。

明白这音乐的人，自然有许多境界，就是不明白音乐的人，也不免把心绪随着这音乐声宽窄高下疾徐。感动得浅了，还不过是些心动手动脚动的情感；感动得深了，竟能至于肉体感觉发生变动，觉得脚不着地，头发不着皮，这身子仿佛要去化作气体。从此疲劳补满，更出产些新精神。这类的事例正多，一切自然界的宏美，艺术界的真丽，都可随时随地引人生一种“我与物化”的情感，不必一一举例了。

所以多趣味的人就是能多收容精神界滋养品的人，能多劳苦而不倦怠的人，能有归宿地的人。少趣味的人，纵然身躯极强固，意志极坚定，但时不免有两种危险来袭击。疲劳极了，苦痛多了，而无精神的安慰与酬报，不免生趣渐渐枯槁起来，久了，意志动机都成死灰。或者疲劳极了，苦痛多了，而无精神上的安慰与酬报，不免对于精神生活生一种捐弃的决心，转而单图物质的受用，于是乎大大溃决了。不知道这种生活的趣味，哪知道这种生活的可爱？不知道这种生活的可爱，哪能把这种生活保住得牢？

所以凭我一时揣想，有趣味的生活是能发展的生活，能安慰的生活，这是从积极方面说起；又是能保险的生活，这是从消极方面说起。

人各有所好，常常为他所好的缘故，把他的事业、名誉、生命、信仰都牺牲了。但这罪过不在乎他有所好，而在乎他所好的错了。无好的人，每每是最无用的人或者竟是死人。所以无论为自己，为公众，为快乐，为道理，都应该择选一个最适当的所好，而“阿其所好”。

但好得不是路了，每每扰乱了别人，殉了自己。“以此教人，固不爱人；以此喻己，亦不爱己。”独有美感的爱好，对得起自己，同时一样地对得起别人。这因为爱好美感和爱好别的物事有些根本的不同。

一来爱好美感的心理是匀净的，不像爱好别的起些千丈高波，生些万难事故。纵然有时爱好它深了，以至于一往情深，恋念郁结，神魂飞动，满身的细胞起了变化，错误了世间一切真真实实的事，毕竟不遇心神上的盘旋，他自己生出了无数趣味，却不曾侵夺了别人的无数趣味。

二来爱好美感，是自己的利害和别人的利害一致的。不比好别的物事，每每这里得了，那里就失。

三来爱好别的，每每重在最后的获得。获得之前，先捐上无数苦恼，一旦得了，或终究不得，不免回想，以前“为谁辛苦为谁甘”，于是乎最后落到一个空观去。独有美感的爱好，要零零碎碎地取偿，它的目的平分散到时时刻刻——就是并没有最后的总目的——自然时时取偿，刻刻刈获，接连不断地发新精神。先上来不必积上些苦恼，末了也不至于反动，出一个空观，所以最熨帖。

四来爱好别的，越爱私心越发达，爱好美感竟能至于忘了“自我”，而得我与物的公平。

五来爱好别的，每每利害的分辨甚强，每每以智慧判断最后的究竟。我说句大胆话，我近来颇疑心智慧的效用。我觉得智慧颇少创造力，或者竟能使人种种动念，卷成灰烬，那些想到“可怕的内空”（Awful inner emptiness）的人，何尝不是智慧领着他寻得一个“大没结果”呢？至于爱美感，先去了利害的观念，安所容其得失之心？

所以美感有创造的力量……六来……七来……正多着呢，我也说不清了。

总而言之，人若把他的生活放在一个美感的世界里面，可以使得生活的各面兴趣多多实现。更活泼、更有生趣、更能安慰，更能觉得生活与自然是一个人，不是两件事。人的生趣全在乎小己和身外一切的亲切；人的无趣——就是苦恼——全在乎小己和身外一切的不亲切。所以趣味发作起来，世界可以成一个大家；趣味干枯起来，一个人在精神上“索居而离群”，丧失了一切生活的乐境。总而言之，美感是趣味的渊源，趣味是使生活所以为生活者。

人生与趣味本有拆不开的关系：后一种是本体，前一种不过被附着的躯壳。一旦本体失丧，只剩了躯壳，人对于这躯壳是并不爱惜的。这话怎样讲呢？我们仔细想，我们实在有比人生还爱的东西，不然，何以拿着人生当孤注，拼命冒险寻它呢？更有比掉了人生——就是死——还不爱的东西，不然何以有时不惜掉了人生，或者避了人生的意义——就是离群索居呢？人为什么才活着？这本是一个最难回答的问题。但从常识上证起，也可以简单地根本解答，就是人为取得生趣而活着。什么是取得生趣？就是求获精神上的满足——或者可说安慰。一旦精神上不得满足，不能安慰，并没有生趣了，顿时觉得人生一无价值。从古来有些很沉痛的说话，可以证明这道理。《诗经》上，“知我如此，不如无生！”小青也学古人说：“未知生乐，焉知死悲？”有些思想家大大赞美人生，但他们所赞美的，依然是被生活所凭托的东西——生趣——并非是凭托生趣的东西——生命。又有些思想家大大毁谤人生，以为人应该看破这假面的人生，丢了它，避了它，或者安安稳稳地送它终，然后得到解脱，但他们所得的依然是被生活所凭托的东西——生趣——并非是凭托生趣的东西——生命。他们以为生趣是无趣，是苦痛。他们以为人生和苦痛不可分离，所以诅咒苦痛的结果，忽然变成诅咒人生。他们本无所憾于人生，只恨人生所恐的苦痛，人生只不过是代人受过。从此解来，可知人的最上目的，并不是人命的取得，而是生趣的取得。只为生趣不能脱离生命而自存，所以就误以作凭托物的生命为最后的究竟。通常习而不察，觉得人在世间的一切行为、思想、感情、设施等，皆为达生命的目的而作，实是误以形体为含性而忘了含性了。一旦当生命生趣冲突时，略能见出人所求人所爱者，不在形体，而在含性，所以当有人为取得精神上之安慰，而牺牲了生命。

一般的见解，以为人生是无上的东西。这话的是否，全靠解释“人生”这一个名词。如果把人生讲作生命而止，很觉得有些不可通，如果把它作人生的含义便觉稳当得许多。

我现在简单地陈列于下边：

人并不是为活着而活着，只为达到他的生趣而活着。所以生活并不是人类最普遍最原始的目的，不过是达到他这最普遍最原始的目的一种手段，偏偏这一种手段是最大的一种手段，所以就误以手段为目的。

但更深一层想来，手段目的的分别简直有些根本上难成立。如以生命为目的，我们固可以称人生一切物事为手段，因为这些不过是——看来像是——达到这生命一个目的的。但若照上文说的，人生的目的在生趣。那么，“目的”两字用得也就很牵强了。生趣就文义说来，只是一个抽象名词，就实际说，是时时处处散见在一人生活中的一切事体。既是零零碎碎的一切事体，那么人生的意义、精神和祈祷，正是零零碎碎的、日用寻常的所包含的一种解说。所以人生的目的就是人生的手段，倒转来说，人生的手段，就是人生的目的。那一切零零碎碎的事物所包含的一切意趣，就是人生的目的，同时也是人生的手段。分碎了就是手段，打总了说是目的。客观着说只是一件东西，不过解释上分两面罢了。

那么，通常所称为人生的一切手段都有它自己的目的，也就是人生的目的。譬如学问，通常说是一个手段，达到较上生活那一个目的的，但较上生活并不是一件独立的东西，就住在学问里，所以我们竟可说，“我们为学问的缘故而学问”。人生有无数的分体散住在处处。每一个有趣味的物事里边住着一个人生之“分体”，所以每个有趣味——对人性发生趣味——的物事，有个至上的目的。所以我们为学问的缘故而学问，为行为的缘故而行为，为情感的缘故而感动……所以我们要重视我们平生所接触的有趣味的物事，不宜以这些物事是助兴趣而无关宏旨的。

人是群性的动物，所以自性质上说，人断不愿索居而离群，非特不愿，而且不能。但何以从古以来很有些“避世避地”的人呢？这是因为人有一种“自事自”的为我根性，觉得群中之乐，敌不过世间之苦，想逃世间之苦，不得不弃捐了群中之乐。但群中之乐终是不愿，而且不能弃捐的，所以结果一定是弃而不弃。一面矫揉造作地“避世避地”，一面又把世间地上的药，用空中楼阁的眼光，取掩耳盗铃的方法，矫揉造作地从世间地上的苦中抽出，加在自然物身上。所以

“与木石居，与鹿豕游”的人，总是把群性加在木石鹿豕身上，觉得这些东西都含着些天机、人性、有群趣，有爱情，可以和他们沟通心意，简直是自己的朋友。所以人并不能完全地离群，最多不过离下这个群，自己给自己另造一个群，丢了不愿意接触的，而把愿意接触的部分，以意为之地搬到一个新地域去就是了。这新地域总是自然界，所以可往这自然界里搬的缘故，总因为这自然界里含着一种美性，从此可知美性与群性的关合。

问这索居离群一个办法究竟对不对？却不容易简单回答。从社会的道理论起，就现代的眼光看来，简直是大愚，而且是罪恶。我平日常想，中国人只有一个真不道德，就是卑鄙龌龊；和一个假道德，就是清高。清高是胆怯、懒惰两种心理造成的，若论它造出的结果，简直可以到了“洪水横流”。但平情想来，这也是专制时代必生的反响，专制不容社会的存在，所以在“没有社会的时代”自然要生没有社会的思想。但难说可恕，却也很不可学。这话说来极长，和本题没有关系，不便多说。若就另一方面论起，他们也有他们的道理。他们能知道人生与自然是可以相遇的，而且实行使他们相遇起来。所差者“一往不返”，做得太过度了。

我在上文说，他们是“空中楼阁”，是“掩耳盗铃”，是“以意为之”，是“矫揉造作”，仿佛都是贬词。这不过随便用来形容他们的不同常情，并不就是说他们毫无道理。他们不是的方面放下不论，专说他们有道理的地方。他们能明白美感，领受美感，所以才能把人生的一部分放在自然的身上。美感是人生与自然相同的东西，人生中有和谐的旨趣，于是引人生美感；自然中有同样的和谐的旨趣，于是引人生同样的美感。虽然所施的方向不同样，所有的作用却是同样。美感又是人生与自然相遇的东西。这话就是说：人生与自然相遇于美感之内。

人生的范围是怎样的？颇不容易断定地方，从一方面论起，人生全在自然界里边，人生的现象全是自然界的现象；但从另一方面论起，自然界全在人生里边，一草一木，一芥一尘，大的如海洋，小的如点水，远的如恒星，近的如寒暑，都是直接或间接供人生往美感上去的东西。自然界里没有一件东西不供人生之用，自然界里没有一种意义不与人生切合。所以人生有个普遍性，所以人生是无往不在的。就是那最远的恒星里，离着我们人万万万万里，也含人生的意味。

这个人生在自然界的普遍性，最好从美感里看出。美感引人和身外的物亲切，又引人因身外的物的刺激，而生好动性。以好动的心境，合亲切的感情，于是乎使人生与自然界的一切东西发生深厚复杂的关系，于是乎使人生的意味更浓。我们除非说人生也是虚的，便不能不承认美感的价值，便不能不承认美感中有实在——因为人生实在。既这样，美感应该是我们的一种信仰。

问美感的由来是客观的呢，还是主观的呢？要回答这个问题，先要注意什么是主观？什么是客观？天地间的东西，本没有绝对客观的，都是以人性为之解释而生的见解。但主观又因范围不同，而生真实上的等别；个人的主观每每是偏见，人性的主观——就是普遍及于人类的——便是科学上的真实，通常称作客观。美感的真实和科学一样，并不少些。例如说：一人为美感所引，精神飞越，旁边的个人，对此毫不生如何感触，这可说是主观的了。但实际研究，又不是这样的。一来必须有引你神魂飞越的可能性，你的神魂才飞越，并不是你无中生有。二来你对此神魂飞越，别人不然，并不是你多些，是别人少些。你能比别人感受自然多一点，不是你杜撰，即不是主观。三来美感是个能发生效验的东西，它的效验应人而发，等度可量，所以不是玄妙的——个性的主观的。

总之而言，美感和理性都有客观的真实，不能以理性宰割美感，不能说一个是客观的实体，一个是主观的私见，因为它俩都是我们人类的精灵和自然界的含性所接触而生的东西，效力一般的大，实证一般的多。

我上次那个通信里（就是第二段里的）有一句说：

> 自然的美引人。据我凭定着想：形态的美，引人的文学思想；组织的美，引人的科学思想；意识的美，又能助宗教与哲学的发达。

因这几句话的争执，平伯和我写了很长的信，还不曾完结，现在事隔三月，追想论点何在，再也不能了，只好待后来若再想起时再说罢。

但美感之效用，诚不只上句话里说的。深处姑不论，只就最浅而易见的地方说，已很有伟大的范围。

人生的苦痛，每每由于两种相反的心思交战。一面固不能“索居而离群”，一面又很觉得“倦厌风尘”。所以静也不是，动也不是，一面觉得静得无聊，一面觉得动得无趣。然而美感是一件极流荡的东西、极不停止的东西，我们和它合作，精神是极流动的。心上有若干提醒，知觉界里有足数动机，习染得好，自然行事上很难动作，而又不滞于形骸之内，有极好的空气，最深彻的精神。但美感引人的动，却又大和物质引人不一样。物质把人引去，人便流连不返；情感的流动引人，虽很发扬，却忘不了深彻的境界。

人生每每困在争物料的所有权一个境地里，所以把物料的用处也弄错了，所以把人生的意味也变黑暗了。人的世界里，必要作野兽的行为。但自然的美谁也不能对着称所有者，即美之凭借人工者——为公园公林之类——也绝没有由人据为私有而发生更大趣味的事。我这意思是说，大家享受，比一人享受还有趣，绝不会一人享受别有趣。就是人为的美术，也还是供给大家看得有趣。所以情感极高彻的人，每每是极勇敢、淡泊、服公的人。我到欧洲来，觉得欧洲陈列馆、博物院、公园草地之多，大可为造就未来世界的张本。为造就未来那个合作的互助世界，此刻所要预备的：一是造这世界的组织法，二是造这世界的德素。前一项里，欧洲人的工业组会、消费组会、工团等，已大大可观；后一项里，这些引人生无私的美感的公共博物院与园林，也大有用处。

世人的人格粗略可以分作三级：最下是不能用形骸的人；上之者，能用形骸而不能不为促于形骸的人；最上是能用形骸而又不为促于形骸的人。这种深彻的人格，不能只靠知识为表率，全在乎感情之培养。

上文说了许多，大旨只是证明一件事：就是美感与人生说来既是不相离的，我们更要使它俩结合，造一个美满的果。一种人把美感当作好奇好古的意思去做，是大大错的，我们必须：

（1）以人生自然（To personify the nature），就是不使自然离了人生。

（2）以自然化人生（To naturalize the nature），就是不使人生徇恶浊的物质。

上两件事的结合便是古代希腊的文化。希腊文化是要学的，因为它的文化最是“人的文化”。我们并不需要超人的文化（罗马）和超自然的文化（犹太）。以希腊文化的精神，自然产生雅典的Democracy[①]世界。现在这个世界里，物质渊源这样大，智慧发展这样广，如果发达这个自然与人生结合的趋向，自然要比希腊人的成绩更进一层了。

拿一个互助合作的世界，去换这个竞争的资本世界，天然要有比现在更有人性的感情，去建设去。

这篇文章太觉词不达意了，前后又不是一时作的，末尾又是匆匆补上，一切意思都觉说不出来，很对读者抱歉。

原载于一九二〇年七月七日至十日《晨报》

① 译为“民主”。

贰

枕上诗书闲处好

影响我的几本书

梁实秋 / 文

我读了《水浒》之后，我认识了人间的不平。

我喜欢书，也还喜欢读书，但是病懒，大部分时间荒嬉掉了！所以实在没有读过多少书。年届而立，才知道发愤，已经晚了。几经丧乱，席不暇暖，像董仲舒三年不窥园，米尔顿[1]五年隐于乡，那样有良好环境专心读书的故事，我只有艳羡。多少年来所读之书，随缘涉猎，未能专精，故无所成。然亦间有几部书对于我个人为学做人之道不无影响。究竟哪几部书影响较大，我没有思量过，直到八年前有一天邱秀文来访问我，她提出了这么一个问题，她问我所读之书有哪几部使我受益较大。我略为思索，举出七部书以对，略加解释，语焉不详。邱秀文记录得颇为翔实，亏她细心地连缀成篇，并以标题《梁实秋的读书乐》，后来收入她的一个小册《智者群像》，时报文化出版公司出版。最近联副推出一系列文章，都是有关书和读书的，编者要我也插上一脚，并且给我出了一个题目《影响我的几本书》。我当时觉得自己好像是一个考生，遇到考官出了一个我不久以前作过的题目，自以为驾轻就熟，写起来省事，于是色然而喜，欣然应命。题目

① 今译弥尔顿（1608—1674），英国诗人、政论家。

像是旧的，文字却是新的。这便是我写这篇东西的由来。

第一部影响我的书是《水浒传》。我在十四岁进清华才开始读小说，偷偷地读，因为那时候小说被目为“闲书”，在学校里看小说是悬为厉禁的。但是我禁不住诱惑，偷闲在海甸一家小书铺买到一部《绿牡丹》，密密麻麻的小字光纸石印本，晚上钻在蚊帐里偷看，也许近视眼就是这样养成的。抛卷而眠，翌晨忘记藏起，查房的斋务员在枕下一摸，手到擒来。斋主任陈筱田先生唤我前去应询，瞪着大眼厉声咤问：“这是嘛？”（天津话“嘛”就是“什么”）随后把书往地上一丢，说：“去吧！”算是从轻发落，没有处罚，可是我忘不了那被叱责的耻辱。我不怕，继续偷看小说，又看了《肉蒲团》《灯草和尚》《金瓶梅》等等。这几部小说，并不使我满足，我觉得内容庸俗、粗糙、下流。直到我读到《水浒传》才眼前一亮，觉得这是一部伟大的作品，不愧金圣叹称之为“第五才子书”，可以和《庄》《骚》《史记》、杜诗并列。我一读，再读，三读，不忍释手。曾试图默诵一百零八条好汉的姓名绰号，大致不差（并不是每一人物都栩栩如生，精彩的不过五分之一，有人说每一个人物都有特色，那是夸张）。也曾试图搜集香烟盒里（是大联珠还是前门？）一百零八条好汉的图片。这部小说实在令人着迷。

《水浒》作者施耐庵在元末以赐进士出身，生卒年月不详，一生经历我们也不得而知。这没有关系，我们要读的是书。有人说《水浒》作者是罗贯中，根本不是他，这也没有关系，我们要读的是书。《水浒》有七十回本，有一百回本，有一百十五回本，有一百二十回本，问题重重；整个故事是否早先有过演化的历史而逐渐形成的，也很难说；故事是北宋淮安大盗一伙人在山东寿张县梁山泊聚义的经过，有多大部分与历史符合有待考证。凡此种种都不是顶重要的事。《水浒传》的主题是“官逼民反，替天行道”。一个个好汉直接间接地吃了官的苦头，有苦无处诉，于是铤而走险，逼上梁山，不是贪图山上的大碗酒大块肉。官，本来是可敬的。奉公守法公忠体国的官，史不绝书。可是一朝权在手便把令来行的贪赃枉法的官却也不在少数。人踏上仕途，很容易被污染，会变成为另外一种人。他说话的腔调会变，他脸上的筋肉会变，他走路的姿势会变，他的心的颜色有时候也会变。“尔俸尔禄，民脂民膏”，过骄奢的生活，成特殊阶级，也还罢了，若是为非作歹，鱼肉乡民，那罪过可大了。《水浒》写的是平民的一股怨气。不平则鸣，容易得到读者的同情，有人甚至不忍深责那些非法的杀人放火的勾当。有人以终身不入官府为荣，怨毒中人之深可想。

较近的叛乱事件，义和团之乱是令人难忘的。我生于庚子后二年，但是清廷的糊涂，八国联军之肆虐，从长辈口述得知梗概。义和团是由洋人教士勾结官府压迫人民所造成的，其意义和梁山泊起义不同，不过就其动机与行为而言，我怜其愚，我恨其妄，而又不能不寄予多少之同情。义和团不可以一个“匪”字而一笔抹杀。英国俗文学中之罗宾汉的故事，其劫强济贫目无官府的游侠作风之所以能赢得读者的赞赏，也是因为它能伸张一般人的不平之感。我读了《水浒》之后，我认识了人间的不平。

我对于《水浒》有一点极为不满。作者好像对于女性颇不同情。《水浒》里的故事对于所谓奸夫淫妇有极精彩的描写，而显然的对于女性特别残酷。这也许是我们传统的大男人主义，一向不把女人当人，即使当作人也是次等的人。女人有所谓贞操，而男人无。《水浒》为人抱不平，而没有为女人抱不平。这虽不足为《水浒》病，但是《水浒》对于欣赏其不平之鸣的读者在影响上不能不打一点折扣。

第二部书该数《胡适文存》。胡先生生在我们同一时代，长我十一岁，我们很容易忽略其伟大，其实他是我们这一代人在思想学术道德人品上最为杰出的一个。我读他的《文存》的时候，我尚在清华没有卒业。他影响我的地方有三：

一是他的明白清楚的白话文。明白清楚并不是散文艺术的极致，却是一切散文必须具备的起码条件。他的《文学改良刍议》，现在看起来似嫌过简，在当时是振聋发聩的巨著。他对白话文学史的看法，他对于文学（尤其是诗）的艺术的观念，现在看来都有问题。例如他直到晚年还坚持地说律诗是"下流"的东西，骈四俪六当然更不在他眼里。这是他的偏颇的见解。可是在五四前后，文章写得像他那样明白晓畅、不枝不蔓的能有几人？我早年写作，都是以他的文字作为模仿的榜样。不过我的文字比较杂乱，不及他的纯正。

二是他的思想方法。胡先生起初倡导杜威的实验主义，后来他就不弹此调。胡先生有一句话："不要被别人牵着鼻子走！"像是给人的当头棒喝。我从此不敢轻信人言。别人说的话，是者是之，非者非之，我心目中不存有偶像。胡先生曾为文批评时政，也曾为文对什么主义质疑，他的几位老朋友劝他不要发表，甚至要把已经发排的稿件擅自抽回，胡先生说："上帝尚且可以批评，什么人什么事不可批评？"他的这种批评态度是可佩服的。从大体上看，胡先生从不侈谈革命，他还是一个"儒雅为业"的人，不过他对于往昔之不合理的礼教是不惜加以批评的。曾有人家里办丧事，求胡先生“点主”，胡先生断然拒绝，并且请他阅看《胡适文存》里有关“点主”的一篇文章，其人读了之后翕然诚服。胡先生对于任何一件事都要寻根问底，不肯盲从。他常说他有考据癖，其实也就是独立思考的习惯。

三是他的认真严肃的态度。胡先生说他一生没写过一篇不用心写的文章，看他的文存就可以知道确是如此，无论多小的题目，甚至一封短札，他也是像狮子搏兔似的全力以赴。他在庐山偶然看到一个和尚的塔，他作了八千多字的考证。他对于《水经注》所下的功夫是惊人的。曾有人劝他移考证《水经注》的功夫去做更有意义的事，他说不，他说他这样做是为了要把研究学问的方法传给后人。我对于《水经注》没有兴趣，胡先生的著作我没有不曾读过的，唯《水经注》是例外。可是他治学为文之认真的态度，是我认为应该取法的。有一次他对几个朋友说，写信一定要注明年、月、日，以便查考。我们明知我们的函件将来没有人会来研究考证，何必多此一举？他说不，要养成这个习惯。我接受他的看法，年、月、日都随时注明。有人写信谨注月日而无年份，我看了便觉得缺憾。我译莎士比亚，大家知道，是由于胡先生的倡导。当初约定一年译两本，二十年完成，可是我拖了三十年。胡先生一直关注这件工作，有一次他由台湾飞到美国，他随身携带在飞机上阅读的书包括《亨利四世》下篇的译本。他对我说他要看看中译的莎士比亚能否令人看得下去。我告诉他，能否看得下去我不知道，不过我是认真翻译的，没有随意删略，没敢潦草。他说俟全集译完之日为我举行庆祝，可惜那时他已经不在了。

第三本书是白璧德的《卢梭与浪漫主义》。白璧德（lrving Babbitt）

是哈佛大学教授，是一位与时代潮流不合的保守主义学者。我选过他的“英国十六世纪以后的文学批评”一课，觉得他很有见解，不但有我们前所未闻的见解，而且是和我自己的见解背道而驰。于是我对他发生了兴趣。我到书店把他的著作五种一股脑儿买回来读，其中最有代表性的是他的这一本《卢梭与浪漫主义》。他毕生致力于批判卢梭及其代表的浪漫主义，他针砭流行的偏颇的思想，总是归根到卢梭的自然主义。有一幅漫画讽刺他，画他匍匐地面揭开被单窥探床下有无卢梭藏在底下。白璧德的思想主张，我在《学衡》杂志所刊吴宓、梅光迪几位介绍文字中已略为知其一二，只是《学衡》固执地使用文言，对于一般受了五四洗礼的青年很难引起共鸣。我读了他的书，上了他的课，突然感到他的见解平正通达而且切中时弊。我平夙心中蕴结的一些浪漫情操几为之一扫而空。我开始省悟，五四以来的文艺思潮应该根据历史的透视而加以重估。我在学生时代写的第一篇批评文字《中国现代文学之浪漫的趋势》就是在这个时候写的。随后我写的《文学的纪律》《文人有行》，以至于较后对于辛克莱《拜金艺术》的评论，都可以说是受了白璧德的影响。

白璧德对东方思想颇有渊源，他通晓梵文经典及儒家与老庄的著作。《卢梭与浪漫主义》有一篇很精彩的附录论老庄的“原始主义”，他认为卢梭的浪漫主义颇有我国老庄的色彩。白璧德的基本思想是与古典的人文主义相呼应的新人文主义。他强调人生三境界，而人之所以为人在于他有内心的理性控制，不令感情横决。这就是他念念不忘的人性二元论。《中庸》所谓“天命之谓性，率性之谓道，修道之谓教”，孔子所说的“克己复礼”，正是白璧德所乐于引证的道理。他重视的不是élan vital（柏格森所谓的“创造力”）而是élan frein（克制力）。一个人的道德价值，不在于做了多少事，而是在于有多少事他没有做。白璧德并不说教，他没有教条，他只是坚持一个态度——健康与尊严的态度。我受他的影响很深，但是我不曾大规模地宣扬他的作品。我在新月书店曾经辑合《学衡》上的几篇文字为一小册印行，名为《白璧德与人文主义》，并没有受到人的注意。若干年后，宋淇先生为美国新闻处编译一本《美国文学批评》，其中有一篇是《卢梭与浪漫主义》的一章，是我应邀翻译的，题目好像是《浪漫的道德》。30年代左倾仁兄们鲁迅及其他谥我为“白璧德的门徒”，虽只是一顶帽子，实也当之有愧，因为白璧德的书并不容易读，他的理想很高也很难身体力行，称为门徒谈何容易！

第四本书是叔本华的《隽语与箴言》（*Maxims and Counsels*）。这位举世闻名的悲观哲学家，他的主要作品The World as Will and ldea[①]我没有读过，可是这部零零碎碎的札记性质的书却给我莫大的影响。

叔本华的基本认识是：人生无所谓幸福，不痛苦便是幸福。痛苦是真实的，存在的，积极的；幸福则是消极的，并无实体的存在。没有痛苦的时候，那种消极的感受便是幸福。幸福是一种心理状态，而非实质的存在。基于此种认识，人生努力方向应该是尽量避免痛苦，而不是追求幸福，因为根本没有幸福那样的一个东西。能避免痛苦，幸福自然就来了。

我不觉得叔本华的看法是诡辩。不过避免痛苦不是一件简单的

---

①《作为意志与表象的世界》。

事，需要慎思明辨，更需要当机立断。

第五部书是斯陶达的《对文明的反叛》(*Lothrop Stoddard: The Revolt Against Civilization*)。这不是一部古典名著，但是影响了我的思想。民国十四年，潘光旦在纽约哥伦比亚大学念书，住在黎文斯通大厦，有一天我去看他，他顺手拿起这一本书，竭力推荐要我一读。光旦是优生学者，他不但赞成节育，而且赞成“普罗列塔利亚”少生孩子，优秀的知识分子多生孩子，只有这样做，民族的品质才有希望提高。一人一票的“德谟克拉西”是不合理的，古希腊的“亚里士多克拉西”较近于理想。他推崇孔子，但不附和孟子的平民之说。他就是这样有坚定信念而非常固执的一位学者。他郑重推荐这一本书，我想必有道理，果然。

斯陶达的生平不详，我只知道他是美国人，一八八三年生，一九五〇年卒，《对文明的反叛》出版于一九二二年，此外还有《欧洲种族的实况》(一九二四年)、《欧洲与我们的钱》(一九三二年)及其他。这本《对文明的反叛》的大意是：私有财产为人类文明的基础。有了私有财产的制度，然后人类生活形态，包括家庭的、社会的、政治的、经济的各方面，才逐渐地发展而成为文明。马克斯与恩格斯于一八四八年发表的一个小册子*Manifest der Kommunisten*[①]，声言私有财产为一切罪恶的根源，要彻底地废除私有财产制度，言激而辩。斯陶达认为这是反叛文明，是对整个人类文明的打击。

文明发展到相当阶段会有不合理的现象，也可称之为病态。所以

---

①《共产党宣言》。

有心人就要想法改良补救，也有人就想象一个理想中的黄金时代，悬为希望中的目标。《礼记》《礼运》所谓的"大同"，虽然孔子说"大道之行也，与三代之英，丘未之逮也"，实则"大同"乃是理想世界，在尧舜时代未必实现过，就是禹、汤、文武周公的"小康之治"恐怕也是想当然耳。西洋哲学家如柏拉图，如斯多亚派创始者季诺（Zeno）[1]、如陶斯玛·摩尔及其他，都有理想世界的描写。耶稣基督也是常以慈善为教，要人共享财富。许多教派都不准僧侣自蓄财产。英国诗人柯律芝与骚赛（Colerdge and Southey）[2]在一七九四年根据卢梭与高德文（Godwin）[3]的理想居然想到美洲的宾夕凡尼亚[4]去创立一个共产社区，虽然因为缺乏经费而未实现，其不满于旧社会的激情可以想见。不满于文明社会之现状，是相当普遍的心理。凡是有同情心和正义感的人，对于贫富悬殊壁垒分明的现象无不深恶痛绝。不过从事改善是一回事，推翻私有财产制度又是一回事。像一七九二年巴黎公社之引起恐怖统治，就是一个极不幸的例子。至若以整个国家甚至以整个世界孤注一掷地做一个渺茫的理想的实验，那就太危险了。文明不是短期能累积起来的，却可毁灭于一旦。斯陶达心所谓危，所以写了这样的一本书。

第六部书是《六祖坛经》。我与佛教本来无瓜葛。抗战时在北碚

---

① 今译芝诺（约前336—约前264），古希腊哲学家。

② 今译柯勒律治（1772—1834），英国诗人、文艺评论家；骚塞（1774—1843），英国诗人。

③ 今译葛德文（1756—1836），英国作家、社会思想家。

④ 今译宾夕法尼亚。

缙云山上缙云古寺偶然看到太虚法师领导的汉藏理学院，一群和尚在翻译佛经，香烟缭绕，案积贝多树叶帖帖然，字斟句酌，庄严肃穆。佛经的翻译原来是这样谨慎而神圣的，令人肃然起敬。知客法舫，彼此通姓名后得知他是《新月》的读者，相谈甚欢，后来他送我一本他作的《金刚经讲话》，我读了也没有什么领悟。三十八年[①]我在广州，中山大学外文系主任林文铮先生是一位狂热的密宗信徒，我从他那里借到《六祖坛经》，算是对于禅宗作了初步的接触，谈不上了解，更谈不到开悟。在丧乱中我开始思索生死这一大事因缘。在六榕寺瞻仰了六祖的塑像，对于这位不识字而能顿悟佛理的高僧有无限的敬仰。

《六祖坛经》不是一人一时所作，不待考证就可以看得出来，可是禅宗大旨尽萃于是。禅宗主张不立文字，但阐明宗旨还是不能不借重文字。据我浅陋的了解，禅宗主张顿悟，说起来简单，实则甚为神秘。棒喝是接引的手段，公案是参究的把鼻。说穿了即是要人一下子打断理性的逻辑的思维，停止常识的想法，蓦然一惊之中灵光闪动，于是进入一种不思善不思恶无生无死不生不死的心理状态。在这状态之中得见自心自性，是之谓明心见性，是之谓言下顿悟。

有一次我在胡适之先生面前提起铃木大拙，胡先生正色曰："你不要相信他，那是骗人的！"我不作如是想。铃木不像是有意骗人，他可能确是相信禅宗顿悟的道理。胡先生研究禅宗历史十分渊博，但是他自己没有做修持的功夫，不曾深入禅宗的奥秘。事实上他无法打入禅宗的大门，因为禅宗大旨本非理性的文字所能解析说明，只能用

---

① 指民国三十八年，即1949年。

简略的象征的文字来暗示。在另一方面，铃木也未便以胡先生为门外汉而加以轻蔑。因为一进入文字辩论的范围，便必须使用理性的逻辑的方式才足以服人。禅宗的境界用理性逻辑的文字怎样解释也说不明白，须要自身体验，如人饮水，冷暖自知。所以我看胡适、铃木之论战根本是不必要的，因为两个人不站在一个层次上。一个说有鬼，一个说没有鬼，能有结论么？

我个人平夙的思想方式近于胡先生类型，但是我也容忍不同的寻求真理的方法。《哈姆雷特》一幕二景，哈姆雷特见鬼之后对于来自威吞保的学者何瑞修说："宇宙间无奇不有，不是你的哲学全能梦想得到的。"我对于禅宗的奥秘亦作如是观。《六祖坛经》是我最初亲近的佛书，带给我不少喜悦，常引我作超然的遐思。

第七部书是卡赖尔[①]的《英雄与英雄崇拜》(*Carlyle: On Heroes Heroworship and the Heroic in History*)，原是一系列的演讲，刊于一八四一年。卡赖尔的文笔本来是汪洋恣肆，气势不凡，这部书因为原是讲稿，语气益发雄浑，滔滔不绝的有雷霆万钧之势。他所谓的英雄，不是专指搴旗斩将攻城略地的武术高超的战士而言，举凡卓越等伦的各方面的杰出人才，他都认为是英雄。神祇、先知、国王、哲学家、诗人、文人都可以称为英雄，如果他们能做人民的领袖、时代的前驱、思想的导师。卡赖尔对于人类文明的历史发展有一基本信念，他认为人类文明是极少数的领导人才所创造的。少数的杰出人才有所发明，于是大众跟进。没有睿智的领导人物，浑浑噩噩的大众就只好

① 今译卡莱尔（1795—1881），英国作家、历史学家。

停留在浑浑噩噩的状态之中。证之于历史，确是如此。这种说法和孙中山先生所说“先知先觉、后知后觉、不知不觉”，若合符节。卡赖尔的说法，人称之为“伟人学说”（Great Man Theory）。他说政治的妙谛在于如何把有才智的人放在统治者的位置上去。他因此而大为称颂我们的科举取士的制度。不过他没注意到取士的标准大有问题，所取之士的品质也就大有问题。好人出头是他的理想，他们憧憬的是贤人政治，他怕听“拉平者”（Levellers）那一套议论，因为人有贤不肖，根本不平等。尽管尽力拉平世间的不平等的现象，领导人才与人民大众对于文明的贡献究竟不能等量齐观。

我接受卡赖尔的伟人学说，但是我同时强调伟人的品质。尤其是政治上的伟人责任重大，如果他的品质稍有问题，例如轻言改革，囿于私见，涉及贪婪，用人不公，立刻就会灾及大众，祸国殃民。所以我一面崇拜英雄，一面深厌独裁。我愿他泽及万民，不愿他成为偶像。卡赖尔不信时势造英雄，他相信英雄造时势。我想是英雄与时势交相影响。卡赖尔受德国菲士特（Fichte）[①]的影响，以为一代英雄之出世涵有“神意”（divine idea），又受喀尔文（Calvin）[②]一派清教思想的影响，以为上帝的意旨在指挥英雄人物。这种想法现已难以令人相信。

第八部书是玛克斯·奥瑞利斯（Marcus Aurelius Antoninus）[③]的《沉

---

① 今译费希特（1762—1814），德国哲学家。

② 今译加尔文（1509—1564），16世纪欧洲宗教改革家。

③ 今译马克·奥勒留（121—180），古罗马皇帝。

思录》(*Meditations*),这是西洋斯托亚派哲学最后一部杰作,原文是希腊文,但是译本极多,单是英文译本自十七世纪起至今已有二百多种。在我国好像注意到这本书的人不多。我在一九五九年将此书译成中文,由协志出版公司印行。作者是一千八百多年前的罗马帝国的皇帝,以皇帝之尊而成为苦修的哲学家,并且给我们留下这样的一部书真是奇事。

斯托亚派哲学涉及三个部门:物理学、论理学、伦理学。这一派的物理学,简言之,即是唯物主义加上泛神论,与柏拉图之以理性概念为唯一真实存在的看法正相反。斯托亚派认为只有物质的事物才是真实的存在,但是物质的宇宙之中偏存着一股精神力量,此力量以不同的形势出现,如人,如气,如精神,如灵魂,如理性,如主宰一切的原理,皆是。宇宙是神,人所崇奉的神祇只是神的显示。神话传说全是寓言。人的灵魂是从神那里放射出来的,早晚还要回到那里去。主宰一切的神圣原则即是使一切事物为了全体利益而合作。人的至善的理想即是有意识地为了共同利益而与天神合作。至于这一派的论理学则包括两部门,一是辩证法,一是修辞学,二者都是思考的工具,不太重要。玛克斯最感兴趣的是伦理学。按照这一派哲学,人生最高理想是按照宇宙自然之道理去生活。所谓"自然"不是任性放肆之意,而是上面说到的宇宙自然。人生除了美德无所谓善,除了罪行无所谓恶。美德有四:一为智慧,所以辨善恶;二为公道,以便应付一切悉合分际;三为勇敢,借以终止痛苦;四为节制,不为物欲所役。人是宇宙的一部分,所以对宇宙整体负有义务,应随时不忘本分,致力于整体利益。有时自杀也是正当的,如果生存下去无法善尽做人的责任。

《沉思录》没有明显地提示一个哲学体系，作者写这本书是在做反省的功夫，流露出无比的热诚。我很向往他这样的近于宗教的哲学。他不信轮回不信往生，与佛说异，但是他对于生死这一大事因缘却同样地不住地叮咛开导。佛示寂前，门徒环立，请示以后当以谁为师，佛说："以戒为师。"戒为一切修行之本，无论根本五戒、沙弥十戒、比丘二百五十戒，以及菩萨十重四十八轻之性戒，其要义无非是克制。不能持戒，还说什么定慧？佛所斥为外道的种种苦行，也无非是戒的延伸与歪曲。斯托亚派的这部杰作坦示了一个修行人的内心了悟，有些地方不但可与佛说参证，也可以和我国传统的"天行健，君子以自强不息"以及"克己复礼"之说相印证。

英国十七世纪剧作家范伯鲁（Vanbrugh）的《旧病复发》（*Relapse*）里有一个愚蠢的花花大少浮平顿爵士（Lord Foppington），他说了一句有趣的话："读书乃是以别人脑筋制造出的东西以自娱。我以为有风度有身份的人可以凭自己头脑流露出来的东西而自得其乐。"书是精神食粮。食粮不一定要自己生产，自己生产的不一定会比别人生产的好。而食粮还是我们必不可或缺的。书像是一股洪流，是多年来多少聪明才智的人点点滴滴地汇集而成，很难得有人能毫无凭借地立地涌现出一部书。读书如交友，也靠缘分，吾人有缘接触的书各有不同。我读书不多，有缘接触了几部难忘的书，有如良师益友，获益匪浅，略如上述。

为什么读书

胡适 / 文

读书要读到有乐而无苦。

青年会叫我在未离南方赴北方之前在这里谈谈，我很高兴，题目是“为什么读书”。现在读书运动大会开始，青年会拣定了三个演讲题目。我看第二题目“怎样读书”很有兴味，第三题目“读什么书”，更有兴味，第一题目无法讲，“为什么读书”，连小孩子都知道，讲起来很难为情，而且也讲不好。所以我今天讲这个题目，不免要侵犯其余两个题目的范围，不过我仍旧要为其余两位演讲的人留一些余地。现在我就把这个题目来试一下看。我从前也有过一次关于读书的演讲，后来我把那篇演讲录略事修改，编入三集《文存》里面，那篇文章题目叫作《读书》，其内容性质较近于第二题目，诸位可以拿来参考。今天我就来试试《为什么读书》这个题目。

从前有一位大哲学家，做了一篇读书乐，说到读书的好处，他说：“书中自有千钟粟，书中自有黄金屋，书中自有颜如玉。”这意思就是说，读了书可以做大官，获厚禄，可以不至于住茅草房子，可以娶得年轻的漂亮太太（台下哄笑）。诸位听了笑起来，足见诸位对于这位哲学家所说的话不十分满意，现在我就讲所以要读书的别的原因。

为什么要读书？有三点可以讲：第一，因为书是过去已经知道的知识学问和经验的一种记录，我们读书便是要接受这人类的遗产；第二，为要读书而读书，读了书便可以多读书；第三，读书可以帮助我们解决困难，应付环境，并可获得思想材料的来源。我一踏进青年会的大门，就看见许多关于读书的标语。为什么读书？大概诸位看了这些标语就都已知道了，现在我就把以上三点更详细地说一说。

第一，因为书是代表人类老祖宗传给我们的知识的遗产，我们接受了这遗产，以此为基础，可以继续发扬光大，更在这基础之上，建立更高深更伟大的知识。人类之所以与别的动物不同，就是因为人有语言文字，可以把知识传给别人，又传至后人，再加以印刷术的发明，许多书报便印了出来。人的脑很大，与猴不同，人能造出语言，后来更进一步而有文字，又能刻木刻字，所以人最大的贡献就是过去的知识和经验，使后人可以节省许多脑力。非洲野蛮人在山野中遇见鹿，他们就画了一个人和一只鹿以代信，给后面的人叫他们勿追。但是把知识和经验遗给儿孙有什么用处呢？这是有用处的，因为这是前人很好的教训。现在学校里各种教科，如物理、化学、历史等等，都是根据几千年来进步的知识编纂成书的，一年，两年，或者三年，教完一科。自小学、中学，而至大学毕业，这十六年中所受的教育，都是代表我们老祖宗几千年来得来的知识学问和经验，所谓进化，就是叫人节省劳力。蜜蜂虽能筑巢，能发明，但传下来就只有这一点知识，没有继续去改革改良，以应付环境，没有做格外进一步的工作。人呢，达不到目的，就再去求进步，而以前人的知识学问和经验作参考。如果每样东西，要个个人从头学起，而不去利用过去的知识，那不是太麻烦吗？所以人有了这知识的遗产，就可以自己去成家立业，就可以缩短工作，使有余力做别的事。

第二点稍复杂，就是为读书而读书。读书不是那么容易的一件事情，不读书不能读书，要能读书才能多读书。好比戴了眼镜，小的可以放大，糊涂的可以看得清楚，远的可以变为近。读书也要“戴眼镜”。“眼镜”越好，读书的了解力也越大。王安石对曾子固说：“读经而已，则不足以知经。”所以他对于《本草》《内经》，小说，无所不读，这样对于经才可以明白一些，王安石说：“致其知而后读。”

请你们注意，他不说读书以致知，却说，先致知而后读书。读书固然可以扩充知识；但知识越扩充了，读书的能力也越大。这便是“为读书而读书”的意义。

试举《诗经》作一个例子。从前的学者把《诗经》看作“美”“刺”的圣书，越讲越不通。现在的人应该多预备几副好“眼镜”——民俗学的“眼镜”、社会学的“眼镜”、人类学的“眼镜”、考古学的“眼镜”、文法学的“眼镜”、文学的“眼镜”。“眼镜”越多越好，越精越好。例如“野有死麕，白茅包之。有女怀春，吉士诱之”；我们若知道比较民俗学，便可以知道打了野兽送到女子家去求婚，是平常的事。又如“钟鼓乐之，琴瑟友之”，也不必说什么文王太姒，只可看作少年男子在女子的门口或窗下奏乐唱和，这也是很平常的事。再从文法方面来观察，像《诗经》里“之子于归”“黄鸟于飞”“凤凰于飞”的“于”字，此外，《诗经》里又有几百个的“维”字；还有许多“助词”“语词”，这些都是有作用而无意义的虚字，但以前的人却从未注意及此。这些字若不明白，《诗经》便不能懂。再说在《墨子》一书里，有点光学、力学；又有点逻辑、算学、几何学；又有点经济学。但你要懂得光学，才能懂得墨子所说的光；你要懂得各种知识，才能懂得《墨子》里一些最难懂的文句。总之，读书是为了要读书，多读书更可以读书。最大的毛病就在怕读书，怕读难书。越难读的书我们越要征服它们，把它们作为我们的奴隶或向导，我们才能够打倒难书，这才是我们的“读书乐”。若是我们有了基本的科学知识，那么，我们在读书时便能左右逢源。我再说一遍，读书的目的在于读书，要读书越多才可以读书越多。

第三点，读书可以帮助解决困难，应付环境，供给思想材料。知识是思想材料的来源。思想可分作五步。思想的起源是大的疑问。吃饭拉屎不用想，但逢着三岔路口、十字街头那样的环境，就发生困难了。走东或走西，这样做或是那样做，有了困难，才有思想。第二步要把问题弄清，究竟困难在哪一点上。第三步才想到如何解决，这一步，俗话叫作出主意。但主意太多，都采用也不行，必须要挑选。但主意太少，或者竟全无主意，那就更没有办法了。第四步就是要选择一个假定的解决方法。要想到这一个方法能不能解决。若不能，那么，就换一个；若能，就行了。这好比开锁，这一个钥匙开不开，就换一个；假定是可以开的，那么，问题就解决了。第五步就是证实。凡是有条理的思想都要经过这五步，或是逃不了这五个阶级。科学家要解决问题，侦探要侦探案件，多经过这五步。

这五步之中，第三步是最重要的关键。问题当前，全靠有主意（Ideas）。主意从哪儿来呢？从学问经验中来。没有知识的人，见了问题，两眼白瞪瞪，抓耳挠腮，一个主意都不来。学问丰富的人，见着困难问题，东一个主意，西一个主意，挤上来，涌上来，请求你录用。读书是过去知识学问经验的记录，而知识学问经验就是要用在这时候，所谓养军千日，用在一朝。否则，学问一些都没有，遇到困难就要糊涂起来。例如达尔文把生物变迁现象研究了几十年，却想不出一个原则去整理他的材料。后来无意中看到马尔萨斯的《人口论》，说人口是按照几何学级数一倍一倍地增加，粮食是按照数学级数增加，达尔文研究了这原则，忽然触机，就把这原则应用到生物学上去，创了物竞天择的学说。读了经济学的书，可以得着一个解决生物学上的困难问题，这便是读书的功用。古人说"开卷有益"，正是此意。读书不是单为文凭功名，只因为书中可以供给学问知识，可以帮助我们解决困难，可以帮助我们思想。又譬如从前的人以为地球是世界的中心，后来天文学家哥白尼却主张太阳是世界的中心，地球绕着而行。据罗素说，哥白尼所以这样的解说，是因为希腊人已经讲过这句话；假使希腊没有这句话，恐怕更不容易有人敢说这句话吧。这也是读书的好处。有一家书店印了一部旧小说叫作《醒世姻缘》，要我作序。这部书是西周生所著的，印好在我家藏了六年，我还不曾考出西周生是谁。这部小说讲到婚姻问题，其内容是这样：有个好老婆，不知何故，后来忽然变坏，作者没有提及解决方法，也没有想到可以离婚，只说是前世作孽，因为在前世男虐待女，女就投生换样子，压迫者变为被压迫者。这种前世作孽，起先相爱，后来忽变的故事，我仿佛什么地方看见过。后来忽然想起《聊斋》一书中有一篇和这相类似的笔记，也是说到一个女子，起先怎样爱着她的丈夫，后来怎样变为凶太太，便想到这部小说大约是蒲留仙或是蒲留仙的朋友作的。去年我看到一本杂记，也说是蒲留仙作的，不过没有多大证据。今年我在北京，才找到证据。这一件事可以解释刚才我所说的第二点，就是读书可以帮助读书，同时也可以解释第三点，就是读书可以供给出主意的来源。当初若是没有主意，到了逢着困难时便要手足无措，所以读书可以解决问题，就是军事、政治、财政、思想等问题，也都可以解决，这就是读书的用处。

我有一位朋友，有一次傍着灯看小说，洋灯装有油，但是不亮，因为灯芯短了。于是他想到《伊索寓言》里有一篇故事，说是一只老鸦要喝瓶中的水，因为瓶太小，得不到水，它就衔石投瓶中，水乃上来，这位朋友是懂得化学的，于是加水于灯中，油乃碰到灯芯。这是看《伊索寓言》给他看小说的帮助。读书好像用兵，养兵求其能用，否则即使坐拥十万二十万的大兵也没有用处，难道只好等他们"兵变"吗?

至于"读什么书"，下次陈钟凡先生要讲演，今天我也附带地讲一讲。我从五岁起到了四十岁，读了三十五年的书。我可以很诚恳地说，中国旧籍是经不起读的。中国有五千年文化，四部的书已是汗牛充栋。究竟有几部书应该读，我也曾经想过。其中有条理有系统的精心结构之作，二千五百年以来恐怕只有半打。"集"是杂货店，"史"和"子"还是杂货店。至于"经"，也只是杂货店，讲到内容，可以说没有一些东西可以给我们改进道德、增进知识的帮助的。中国书不够读，我们要另开生路，辟殖民地，这条生路，就是每一个少年人必须至少要精通一种外国文字。读外国语要读到有乐而无苦，能做到这地步，书中便有无穷乐趣。希望大家不要怕读书，起初的确要查阅字典，但假使能下一年苦功，继续不断做去，那么，在一二年中定可开辟一个乐园，还只怕求知的欲望太大，来不及读呢。我总算是老大哥，今天我就根据我过去三十五年读书的经验，给你们这一个临别的忠告。

（本文为一九三〇年十一月下旬胡适在上海青年会的演讲，文稿经胡适校正，原载一九三〇年十二月至一九三一年二月《现代学生》第一卷第三、五期）

读书杂谈

——七月十六日在广州知用中学讲

鲁迅 / 文

凡嗜好的读书，他在每一页每一页里，都得着深厚的趣味。

因为知用中学的先生们希望我来演讲一回，所以今天到这里和诸君相见。不过我也没有什么东西可讲。忽而想到学校是读书的所在，就随便谈谈读书。是我个人的意见，姑且供诸君的参考，其实也算不得什么演讲。

说到读书，似乎是很明白的事，只要拿书来读就是了，但是并不这样简单。至少，就有两种：一是职业的读书，一是嗜好的读书。

所谓职业的读书者，譬如学生因为升学，教员因为要讲功课，不翻翻书，就有些危险的就是。我想在座的诸君之中一定有些这样的经验：有的不喜欢算学，有的不喜欢博物，然而不得不学，否则，不能毕业，不能升学，和将来的生计便有妨碍了。有时我自己也这样，因为做教员，有即非看不喜欢看的书不可，要不这样，怕不久便会于饭碗有妨。我们习惯了，一说起读书，就觉得是高尚的事情，其实这样的读书，和木匠的磨斧头，裁缝的理针线并没有什么分别，并不见得高尚，有时还很苦痛，很可怜。你爱做的事，偏不给你做，你不爱做的，倒非做不可。这是由于职业和嗜好不能合一而来的。倘能够大家去做爱做的事，而仍然各有饭吃，那是多么幸福。但现在的社会上还做不到，所以读书的人们的最大部分，大概是勉勉强强的，带着苦痛的为职业的读书。

现在再讲嗜好的读书吧。那是出于自愿，全不勉强，离开了利害关系的。——我想，嗜好的读书，该如爱打牌的一样，天天打，夜夜打，连续地去打，有时被公安局捉去了，放出来之后还是打。诸君要知道真打牌的人的目的并不在赢钱，而在有趣。牌有怎样的有趣呢，我是外行，不大明白。但听得爱赌的人说，它妙在一张一张地摸起来，永远变化无穷。我想，凡嗜好的读书，能够手不释卷的原因也就是这样。他在每一页每一页里，都得着深厚的趣味。自然，也可以扩大精神，增加智识的，但这些倒都不计及，一计及，便等于意在赢钱的博徒了，这在博徒之中，也算是下品。

不过我的意思，并非说诸君应该都退了学，去看自己喜欢看的书去，这样的时候还没有到来；也许终不会到来，至多，将来可以设法使人们对于非做不可的事发生较多的兴味罢了。我现在是说，爱看书的青年，大可以看看本分以外的书，即课外的书，不要只将课内的书抱住。但请不要误解，我并非说，譬如在国文讲堂上，应该在抽屉里暗看《红楼梦》之类；乃是说，应做的功课已完而有余暇，大可以看看各样的书，即使和本业毫不相干的，也要泛览。譬如学理科的，偏看看文学书，学文学的，偏看看科学书，看看别个在那里研究的，究竟是怎么一回事。这样子，对于别人，别事，可以有更深的了解。现在中国有一个大毛病，就是人们大概以为自己所学的一门是最好，最妙，最要紧的学问，而别的都无用，都不足道的，弄这些不足道的东西的人，将来该当饿死。其实是，世界还没有如此简单，学问都各有用处，要定什么是头等还很难。也幸而有各式各样的人，假如世界上全是文学家，到处所讲的不是“文学的分类”便是“诗之构造”，那倒反而无聊得很了。

不过以上所说的，是附带而得的效果，嗜好的读书，本人自然并不计及那些，就如游公园似的，随随便便去，因为随随便便，所以不吃力，因为不吃力，所以会觉得有趣。如果一本书拿到手，就满心想道，“我在读书了！”“我在用功了！”那就容易疲劳，因而减掉兴味，或者变成苦事了。

我看现在的青年，为兴味的读书的是有的，我也常常遇到各样的询问。此刻就将我所想到的说一点，但是只限于文学方面，因为我不明白其他的。

第一，是往往分不清文学和文章。甚至于已经来动手做批评文章的，也免不了这毛病。其实粗粗地说，这是容易分别的。研究文章的历史或理论的，是文学家，是学者；做做诗，或戏曲小说的，是做文章的人，就是古时候所谓文人，此刻所谓创作家。创作家不妨毫不理会文学史或理论，文学家也不妨做不出一句诗。然而中国社会上还很误解，你做几篇小说，便以为你一定懂得小说概论，做几句新诗，就要你讲诗之原理。我也尝见想做小说的青年，先买小说法程和文学史来看。据我看来，是即使将这些书看烂了，和创作也没有什么关系的。

事实上，现在有几个做文章的人，有时也确去做教授。但这是因为中国创作不值钱，养不活自己的缘故。听说美国小名家的一篇中篇小说，时价是二千美金；中国呢，别人我不知道，我自己的短篇寄给大书铺，每篇卖过二十元。当然要寻别的事，例如教书，讲文学。研究是要用理智，要冷静的，而创作需情感，至少总得发点热，于是忽冷忽热，弄得头昏——这也是职业和嗜好不能合一的苦处。苦倒也罢了，结果还是什么都弄不好。那证据，是试翻世界文学史，那里面的人，几乎没有兼做教授的。

还有一种坏处，是做教员，未免有顾忌；教授有教授的架子，不能畅所欲言。这或者有人要反驳：那么，你畅所欲言就是了，何必如此小心。然而这是事前的风凉话，一到有事，不知不觉地他也要从众来攻击的。而教授自身，纵使自以为怎样放达，下意识里总不免有架子在。所以在外国，称为"教授小说"的东西倒并不少，但是不大有人说好，至少，是总难免有令人发烦的炫学的地方。

所以我想，研究文学是一件事，做文章又是一件事。

第二，我常被询问：要弄文学，应该看什么书？这实在是一个极难回答的问题。先前也曾有几位先生给青年开过一大篇书目。但从我看来，这是没有什么用处的，因为我觉得那都是开书目的先生自己想要看或者未必想要看的书目。我以为倘要弄旧的呢，倒不如姑且靠着张之洞的《书目答问》去摸门径去。倘是新的，研究文学，则自己先看看各种的小本子，如本间久雄的《新文学概论》，厨川白村的《苦闷的象征》，瓦浪斯基们的《苏俄的文艺论战》之类，然后自己再想想，再博览下去。因为文学的理论不像算学，二二一定得四，所以议论很分歧。如第三种，便是俄国的两派的争论——我附带说一句，近来听说连俄国的小说也不大有人看了，似乎一看见"俄"字就吃惊，其实苏俄的新创作何尝有人介绍，此刻译出的几本，都是革命前的作品，作者在那边都已经被看作反革命的了。倘要看看文艺作品呢，则先看几种名家的选本，从中觉得谁的作品自己最爱看，然后再看这一个作者的专集，然后再从文学史上看看他在史上的位置；倘要知道得更详细，就看一两本这人的传记，那便可以大略了解了。如果专是请教别人，则各人的嗜好不同，总是格不相入的。

第三，说几句关于批评的事。现在因为出版物太多了——其实有什么呢，而读者因为不胜其纷纭，便渴望批评，于是批评家也便应运而起。批评这东西，对于读者，至少对于和这批评家趣旨相近的读者，是有用的。但中国现在，似乎应该暂作别论。往往有人误以为批评家对于创作是操生杀之权，占文坛的最高位的，就忽而变成批评家；他的灵魂上挂了刀。但是怕自己的立论不周密，便主张主观，有时怕自己的观察别人不看重，又主张客观；有时说自己的作文的根柢全是同情，有时将校对者骂得一文不值。凡中国的批评文字，我总是越看越糊涂，如果当真，就要无路可走。印度人是早知道的，有一个很普通的比喻。他们说，一个老翁和一个孩子用一匹驴子驮着货物去出卖，货卖去了，孩子骑驴回来，老翁跟着走。但路人责备他了，说是不晓事，叫老年人徒步。他们便换了一个地位，而旁人又说老人忍心；老人忙将孩子抱到鞍鞒上，后来看见的人却说他们残酷；于是都下来，走了不久，可又有人笑他们了，说他们是呆子，空着现成的驴子却不骑。于是老人对孩子叹息道，我们只剩了一个办法了，是我们两人抬着驴子走。无论读，无论做，倘若旁征博访，结果是往往会弄到抬驴子走的。

不过我并非要大家不看批评，不过说看了之后，仍要看看本书，自己思索，自己做主。看别的书也一样，仍要自己思索，自己观察。倘只看书，便变成书橱，即使自己觉得有趣，而那趣味其实是已在逐渐硬化，逐渐死去了。我先前反对青年躲进研究室，也就是这意思，至今有些学者，还将这话算作我的一条罪状哩。

听说英国的萧伯纳（Bernard Shaw）[①]有过这样意思的话：世间最不行的是读书者。因为他只能看别人的思想艺术，不用自己。这也就是叔本华（Schopenhauer）[②]之所谓脑子里给别人跑马。较好的是思索者。因为能用自己的生活力了，但还不免是空想。所以更好的是观察者，他用自己的眼睛去读世间这一部活书。

这是的确的，实地经验总比看、听、空想确凿。我先前吃过干荔枝、罐头荔枝、陈年荔枝，并且由这些推想过新鲜的好荔枝。这回吃过了，和我所猜想的不同，非到广东来吃就永不会知道。但我对于萧的所说，还要加一点骑墙的议论。萧是爱尔兰人，立论也不免有些偏激的。我以为假如从广东乡下找一个没有历练的人，叫他从上海到北京或者什么地方，然后问他观察所得，我恐怕是很有限的，因为他没有练习过观察力。所以要观察，还是先要经过思索和读书。

总之，我的意思是很简单的：我们自动的读书，即嗜好的读书，请教别人是大抵无用，只好先行泛览，然后抉择而入于自己所爱的较专的一门或几门；但专读书也有弊病，所以必须和实社会接触，使所读的书活起来。

---

① 今译萧伯纳（1856—1950），爱尔兰剧作家、小说家。

② 今译叔本华（1788—1860），德国哲学家。

读书

老舍 / 文

我有我的爱与不爱，存在我自己心里。

若是学者才准念书，我就什么也不要说了。大概书不是专为学者预备的；那么，我可要多嘴了。

从我一生下来直到如今，没人盼望我成个学者；我永远喜欢服从多数人的意见。可是我爱念书。

书的种类很多，能和我有交情的可很少。我有决定念什么的全权；自幼儿我就会逃学，愣挨板子也不肯说我爱《三字经》和《百家姓》。对，《三字经》便可以代表一类——这类书，据我看，顶好在判了无期徒刑以后去念，反正活着也没多大味儿。这类书可真不少，不知道为什么；也许是犯无期徒刑罪的太多，要不然便是太少——我自己就常想杀些写这类书的人。我可是还没杀过一个，一来是因为——我才明白过来——写这样书的人敢情有好些已经死了，比如写《尚书》的那位李二哥。二来是因为现在还有些人专爱念这类书，我不便得罪人太多了。顶好，我看是不管别人，我不爱念的就不动好了。好在，我爸爸没希望我成个学者。

第二类书也与咱无缘：书上满是公式，没有一个“然而”和“所以”。据说，这类书里藏着打开宇宙秘密的小金钥匙。我倒久想明白点真理，如地是圆的之类；可是这种书别扭，它老瞪着我。书不老老实实地当本书，瞪人干吗呀？我不能受这个气！有一回，一位朋友给我一本《相对论原理》，他说，明白这个就什么都明白了。我下了决心去念这本宝贝书。读了两个“配纸”，我遇上了一个公式。我跟它“相对”了两点多钟！往后边一看，公式还多了去啦！我知道和它们“相对”下去，它们也许不在乎，我还活着不呢？

可是我对这类书，老有点敬意。这类书和第一类有些不同，我看得出。第一类书不是没法懂，而是懂了以后使我更糊涂。我现在的理解力——比上我七岁的时候，我现在满可以做圣人了——我能明白“人之初，性本善”。明白完了，紧跟着就糊涂了；昨儿个晚上，我还挨了小女儿——玫瑰唇的小天使——一个嘴巴。我知道这个小天使性本不善，她才两岁。第二类书根本就看不懂，可是人家的纸上没印着一句废话；懂不懂的，人家不闹玄虚，它瞪我，或者我是该瞪。我的心这么一软，便把它好好放在书架上；好打好散，别太伤了和气。

这要说到第三类书了。其实这不该算一类；就这么算吧，顺嘴。这类书是这样的：名气挺大，念过的人总不肯说它坏，没念过的人老怪害羞地说将要念。譬如说《元曲》、太炎“先生”的文章、罗马的悲剧、辛克莱的小说、《大公报》——不知是哪儿出版的一本书——都算在这类里，这些书我也都拿起来过，随手便又放下了。这里还就数那本《大公报》有点儿劲。我不害羞，永远不说将要念。好些书的广告与威风是很大的，我只能承认那些广告做得不错，谁管它威风不威风呢。

“类”还多着呢，不便再说；有上面的三项也就足以证明我怎样的不高明了。该说读的方法。

怎样读书，在这里，是个自决的问题；我说我的，没勉强谁跟我学。第一，我读书没系统。借着什么，买着什么，遇着什么，就读什么。不懂的放下，使我糊涂的放下，没趣味的放下，不客气。我不能叫书管着我。

第二，读得很快，而不记住。书要都叫我记住，还要书干吗？书应该记住自己。对我，最讨厌的发问是："那个典故是哪儿的呢？""那句话是怎么来着？"我永不回答这样的考问，即使我记得。我又不是印刷机器养的，管你这一套！

读得快，因为我有时候跳过几页去。不合我的意，我就练习"跳远"。书要是不服气的话，来跳我呀！看侦探小说的时候，我先看最后的几页，省事。

第三，读完一本书，没有批评，谁也不告诉。一告诉就糟："嘿，你读《啼笑因缘》？"要大家都不读《啼笑因缘》，人家写它干吗呢？一批评就糟："尊家这点意见？"我不惹气。读完一本书再打通儿架，不上算。我有我的爱与不爱，存在我自己心里。我爱念什么就念，有什么心得我自己知道，这是种享受，虽然显得自私一点。

再说呢，我读书似乎只要求一点灵感。"印象甚佳"便是好书，我没工夫去细细分析它，所以根本便不能批评。"印象甚佳"有时候并不是全书的，而是书中的一段最入我的味；因为这一段使我对这全书有了好感；其实这一段的美或者正足以破坏了全体的美，但是我不去管；有一段叫我喜欢两天的，我就感谢不尽。因此，设若我真去批评，大概是高明不了。

第四，我不读自己的书，不愿谈论自己的书。“儿子是自己的好”，我还不晓得，因为自己还没有过儿子。有个小女儿，女儿能不能代表儿子，就不得而知。“老婆是别人的好”，我也不敢加以拥护，特别是在家里。但是我准知道，书是别人的好。别人的书自然未必都好，可是至少给我一点我不知道的东西。自己的，一提都头疼！自己的书和自己的运气，好像永远是一对儿累赘。

第五，哼，算了吧。

沈从文和他的《边城》

汪曾祺 / 文

这样的爱情叫人想起古人说得很好，但不大为人所理解的一句话：思无邪。

《边城》是沈从文先生所写的唯一的一个中篇小说。说是中篇小说，是因为篇幅比较长，约有六万多字；还因它有一个有头有尾的故事——沈先生的短篇小说有好些是没有什么故事的，如《牛》《三三》《八骏图》……都只是通过一点点小事，写人的感情、感觉、情绪。

《边城》的故事甚美也很简单：茶峒山城一里外有一小溪，溪边有一弄渡船的老人。老人的女儿和一个兵有了私情，和那个兵一同死了，留下一个孤雏，名叫翠翠，老船夫和外孙女相依为命地生活着。茶峒城里有个在水码头上掌事的龙头大哥顺顺，顺顺有两个儿子，天保和傩送，两兄弟都爱上翠翠。翠翠爱二老傩送，不爱大老天保。大老天保在失望之下驾船往下游去，失事淹死；傩送因为哥哥的死在心里结了一个难解疙瘩，也驾船出外了。雷雨之夜，渡船老人死了，剩下翠翠一个人。傩送对翠翠的感情没有变，但是他一直没有回来。

就这样一个简单的故事，却写出了几个活生生的人物，写了一首将近七万字的长诗！

因为故事写得很美，写得真实，有人就认为真有那么一回事。有的华侨青年，读了《边城》，回国来很想到茶峒去看看，看看那个溪水、白塔、渡船，看看渡船老人的坟，看看翠翠曾在哪里吹竹管……

大概是看不到的。这故事是沈从文编出来的。

有没有一个翠翠？

有的。可她不是在茶峒的碧溪岨，是泸溪县一个线绒铺的女孩子。

《湘行散记》里说：

> 在十三个伙伴中我有两个极好的朋友……其次是那个年纪顶轻的，名字就叫“傩右”。一个成衣人的独生子，为人伶俐勇敢，稀有少见……这小孩子年纪虽小，心可不小！同我们到县城街上转了三次，就看中一个绒线铺的女孩子，问我借钱向那女孩子买了三次白棉线草鞋带子……那女孩子名叫“翠翠”，我写《边城》故事时，弄渡船的外孙女，明慧温柔的品性，就从那绒线铺小女孩脱胎而来。

她是泸溪县的吗？也不是。她是山东崂山的。

看了《湘行散记》，我很怕上了《灯》里那个青衣女子同样的当，把沈先生编的故事信以为真，特地上他家去核对一回，问他翠翠是不是绒线铺的女孩子。他的回答是：“我们（他和夫人张兆和）上崂山去，在汽车里看到出殡的，一个女孩子打着幡。我说：‘这个我可以帮你写个小说。’”

幸亏他夫人补充了一句：“翠翠的性格、形象，是绒线铺那个女孩子。”

沈先生还说：“我平生只看过那么一条渡船，在棉花坡。”那么，碧溪岨的渡船是从棉花坡移过来的。棉花坡离碧溪岨不远，但总还有一小距离。

读到这里，你会立刻想起鲁迅所说的“脸在那里，衣服在那里”的那段有名的话。是的，作家酝酿人物形象和故事情节是一个很复杂的过程。一九五七年，沈先生曾经跟我说过：“我们过去写小说都是真真假假的，哪有现在这样都是真事的呢。”有一个诗人很欣赏“真真假假”这句话，说是这说明了创作的规律，也说明了什么是浪漫主义。翠翠，《边城》，都是想象出来的。然而必须有丰富的生活经验，积累了众多的印象，并加上作者的思想、感情和才能，才有可能想象得真实，以至把创造变得好像是报导。

沈从文善于写中国农村的少女。沈先生笔下的湘西少女不是一个，而是一串。

三三、夭夭、翠翠，她们是那样的相似，又是那样的不同。她们都很爱娇，但是各因身世不同，娇得不一样。三三生在小溪边的碾坊里，父亲早死，跟着母亲长大，除了碾坊、小溪，足迹所到最远处只是在堡子里的总爷家。她虽然已经开始有了一个少女对于“人生”朦朦胧胧的神往，但究竟是个孩子，浑不解事，娇得有点痴。夭夭是个有钱的橘子园主人的幺姑娘，一家子都宠着她。她已经订了婚，未婚夫是个在城里读书的学生。她可以背了一个特别精致的背篓，到集市上去采购她所中意的东西，找高手银匠洗她的粗如手指的银练子。她能和地方上的小军官从容说话。她是个“黑里俏”，性格明朗豁达，口角伶俐。她很娇，娇中带点野。翠翠是个无父无母的孤雏，她也娇，但是娇得乖极了。

用文笔描绘少女的外形，是笨人干的事。沈从文画少女，主要是画她的神情，并把她安置在一个颜色美丽的背景上，一些动人的声音当中。

为了住处两山多竹篁，翠色逼人而来，老船夫随便给这个可怜的孤雏拾取了一个近身的名字，叫作翠翠。

翠翠在风日里长养着，把皮肤变得黑黑的，触目为青山绿水，一对眸子清明如水晶。自然既长养她且教育她，为人天真活泼，处处俨然如一只小兽物。人又那么乖，和山头黄麂一样，从不想到残忍事情，从不发愁，从不动气。平时在渡船上遇陌生人对她有所注意时，便把光光的眼睛瞅着那陌生人，作成随时都可举步逃入深山的神气，但明白了面前的人无机心后，就又从从容容地在水边玩耍了。

…………

风日清和的天气，无人过渡，镇日长闲，祖父同翠翠便坐在门前大岩石上晒太阳；或把一段木头从高处向水中抛去，嗾使身边黄狗从岩石高处跃下，把木头衔回来；或翠翠与黄狗皆张着耳朵，听祖父说些城中多年以前的战争故事；或祖父同翠翠两人，各把小竹做成的竖笛，逗在嘴边吹着迎亲送女的曲子。过渡人来了，老船夫放下了竹管，独自跟到船边去，横溪渡人。在岩上的一个，见船开动时，于是锐声喊着：

“爷爷，爷爷，你听我吹，你唱！”

爷爷到溪中央于是很快乐地唱起来，哑哑的声音同竹管声振荡在寂静的空气里，溪中仿佛也热闹了一些。(实则歌声的来复，反而使一切更寂静一些了。)

篁竹、山水、笛声，都是翠翠的一部分。它们共同在你们心里造成这女孩子美的印象。

翠翠的美，美在她的性格。

《边城》是写爱情的，写中国农村的爱情，写一个刚刚进入青春期的农村女孩子的爱情。这种爱是那样的纯粹，那样不俗，那样像空气里小花、青草的香气，像风送来的小溪流水的声音，若有若无，不可捉摸，然而又是那样的实实在在，那样的真。这样的爱情叫人想起古人说得很好，但不大为人所理解的一句话：思无邪。

沈从文的小说往往是用季节的颜色、声音来计算时间的。

翠翠的爱情的发展是跟几个端午节联在一起的。

翠翠十五岁了。

端午节又快到了。

传来了龙船下水预习的鼓声。

蓬蓬鼓声掠水越山到了渡船头那里时，最先注意到的是那只黄狗。那黄狗汪汪地吠着，受了惊似的绕屋乱走，有人过渡时，便随船渡过河东岸去，且跑到那小山头向城里一方面大吠。

翠翠正坐在门外大石上用粽叶编蚱蜢、蜈蚣玩，见黄狗先在太阳下睡着，忽然醒来便发疯似的乱跑，过了河又回来，就问它骂它：

"狗，狗，你做什么！不许这样子！"

可是一会儿那远处声音被她发现了，她于是也绕屋跑着，并且同黄狗一块儿渡过了小溪，站在小山头听了许久，让那点迷人的鼓声，把自己带到一个过去的节日里去。

两年前的一个节日里去。

作者这里用了倒叙。

两年前，翠翠才十三岁。

这一年的端午，翠翠是难忘的。因为她遇见了傩送。

翠翠还不大懂事。她和爷爷一同到茶峒城里去看龙船，爷爷走开了，天快黑了，看龙船的人都回家了，翠翠一个人等爷爷，傩送见了她，把她还当一个孩子，很关心地对她说了几句话，翠翠还误会了，骂了人家一句："你个悖时砍脑壳的！"及至傩送好心派人打火把送她回去，她才知道刚才那人就是出名的傩送二老，"想起自己先前骂人那句话，心里又吃惊又害羞，再也不说什么，默默地随了那火把走去"。到了家，"另外一件事，属于自己不关祖父的，却使翠翠沉默了一个夜晚"。这写得非常含蓄。

翠翠过了两个中秋、两个新年，但"总不如那个端午所经过的事甜而美"。

十五岁的端午不是翠翠所要的那个端午。“从祖父和那长年谈话里，翠翠听明白了二老是在下游六百里外沅水中部青浪滩过端午的。”未及见二老，倒见到大老天保。大老还送他们一只鸭子。回家时，祖父说：“顺顺真是好人，大方得很。大老也很好。这一家人都好！”翠翠说：“一家人都好，你认识他们一家人吗？”祖父不明白这句话的意思所在，聪明的读者是明白的。路上祖父说了假如大老请人来做媒的笑话，“翠翠着了恼，把火炬向路两旁乱晃着，向前快快地走去了”。

“翠翠，莫闹，我摔到河里去了，鸭子会走脱的！”

“谁也不稀罕那只鸭子！”

翠翠一面听着一面向前走去，忽然停住了发问：

“爷爷，你的船是不是正在下青浪滩呢？”

这一句没头没脑的问话，说出了这女孩子的心正在飞向什么所在。

端午又来了。翠翠长大了，十六了。

翠翠和爷爷到城里看龙船。

未走之前，先有许多曲折。祖父和翠翠在三天前业已预先约好，祖父守船，翠翠同黄狗过顺顺吊脚楼去看热闹。翠翠先不答应，后来答应了。但过了一天，翠翠又翻悔，以为要看两人去看，要守船两人守船。初五大早，祖父上城买办过节的东西。翠翠独自在家，看看过渡的女孩子，唱唱歌，心上浸入了一丝儿凄凉。远处鼓声起来了，她知道绘有朱红长线的龙船这时节已下河了。细雨下个不止，溪面一片烟。将近吃早饭时节，祖父回来了，办了节货，却因为到处请人喝酒，被顺顺把个酒葫芦扣下了。正像翠翠所预料的那样，酒葫芦有人送回来了。送葫芦回来的是二老。二老向翠翠说："翠翠，吃了饭，和你爷爷到我家吊脚楼上去看划船吧？"翠翠不明白这陌生人的好意，不懂得为什么一定要到他家中去看船，抿着小嘴笑笑。到了那里，祖父离开去看一个水碾子。翠翠看见二老头上包着红布，在龙船上指挥，心中便印着两年前的旧事。黄狗不见了，翠翠便离了座位，各处去寻她的黄狗。在人丛中却听到两个不相干的妇人谈话。谈的是寨子上王乡绅想把女儿嫁给二老，用水碾子作陪嫁。二老喜欢一个撑渡船的。翠翠脸发火烧。二老船过吊脚楼，失足落水，爬起来上岸，一见翠翠就说："翠翠，你来了，爷爷也来了吗？"翠翠脸还发烧，不便作声，心想："黄狗跑到什么地方去了呢？"二老又说："怎不到我家楼上去看呢？我已经要人替你弄了个好位子。"翠翠心想："碾坊陪嫁，稀奇事情咧。"翠翠到河下时，小小心腔中充满一种说不分明的东西。翠翠锐声叫黄狗，黄狗扑下水中，向翠翠方面泅来。到身边时，身上全是水。翠翠说："得了，装什么疯！你又不翻船，谁要你落水呢？"爷爷来了，说了点疯话。爷爷说："二老捉得鸭子，一定又会送给我们的。"话不及说完，二老来了，站在翠翠面前微微笑着。翠翠也不由不抿着嘴微笑着。

顺顺派媒人来为大老天保提亲。祖父说得问问翠翠。祖父叫翠翠，翠翠拿了一簸箕豌豆上了船。"翠翠，翠翠，先前那个人来做什么，你知道不知道？"翠翠说："我不知道。"说后脸同脖颈儿全红了。翠翠弄明白了，人来做媒的是大老！不曾把头抬起，心忡忡地跳着，脸烧得厉害，仍然剥她的豌豆，且随手把空豆荚抛到水中去，望着它们在流水中从从容容流去，自己也俨然从容了许多。又一次，祖父说了个笑话，说大老请保山来提亲，翠翠那神气不愿意；假若那个人还有个兄弟，想来为翠翠唱歌，攀交情，翠翠将怎么说。翠翠吃了一惊，勉强笑着，轻轻地带点恳求的神气说："爷爷，莫说这个笑话吧。"翠翠说："看天上的月亮，那么大！"说着出了屋外，便在那一派清光的露天中站定。

…………

有个女同志，过去很少看过沈从文的小说，看了《边城》提出了一个问题："他怎么能把女孩子的心捉摸得那么透，把一些细微曲折的地方都写出来了？这些东西我们都是有过的——沈从文是个男的。"我想了想，只好说："曹雪芹也是个男的。"

沈先生在给我们上创作课的时候，经常说的一句话，是："要贴到人物来写。"他还说："要滚到里面去写。"他的话不太好懂。他的意思是说，笔要紧紧地靠近人物的感情、情绪，不要游离开，不要置身在人物之外。要和人物同呼吸，共哀乐，拿起笔来以后，要随时和人物生活在一起。除了人物，什么都不想，用志不纷，一心一意。

首先要有一颗仁者之心，爱人物，爱这些女孩子，才能体会到她们的许多飘飘忽忽的、跳动的心事。

祖父也写得很好。这是一个古朴、正直、本分、尽职的老人。某些地方，特别是为孙女的事进行打听、试探的时候，又有几分狡猾，狡猾中仍带着妩媚。主要的还是写了老人对这个孤雏的怜爱，一颗随时为翠翠而跳动的心。

黄狗也写得很好。这条狗是这一家的成员之一，它参与了他们的全部生活，全部的命运。一条懂事的、通人性的狗——沈从文非常善于写动物，写牛、写小猪、写鸡，写这些农村中常见的，和人一同生活的动物。

大老、二老、顺顺都是侧面写的，笔墨不多，也都给人留下颇深的印象。包括那个杨马兵、毛伙，一个是一个。

沈从文不是一个雕塑家，他是一个画家，一个风景画的大师。他画的不是油画，是中国的彩墨画，笔致疏朗，着色明丽。

沈先生的小说中有很多篇描写湘西风景的，各不相同。《边城》写酉水：

> 那条河水便是历史上知名的酉水，新名字叫作白河。白河下游到辰州与沅水汇流后，便略显浑浊，有出山泉水的意思。若溯流而上，则三丈五丈的深潭皆清澈见底。深潭为白日所映照，河底小小白石子，有花纹的玛瑙石子，全看得明明白白。水中游鱼来去，全如浮在空气里。两岸多高山，山中多可以造纸的细竹，长年作深翠颜色，逼人眼目。近水人家多在桃杏花里。春天时只需注意，凡有桃花处必有人家，凡有人家处必可沽酒。夏天则晾晒在日光下耀目的紫花布衣裤，可以作为人家所在的旗帜。秋冬来时，房屋在悬崖上的，滨水的，无不朗然入目。黄泥的墙，乌黑的瓦，位置却永远那么妥帖，且与周围环境极其调和，使人迎面得到的印象实在非常愉快。

描写风景，是中国文学的一个悠久传统。晋宋时期形成山水诗。吴均的《与朱元思书》是写江南风景的名著。柳宗元的《永州八记》，苏东坡、王安石的许多游记，明代的袁氏兄弟、张岱，这些写风景的高手，都是会对沈先生有启发的。就中沈先生最为钦佩的，据我所知，是郦道元的《水经注》。

古人的记叙虽可资借鉴，主要还得靠本人亲自去感受，养成对于形体、颜色、声音乃至气味的敏感，并有一种特殊的记忆力，能把各种印象保存在记忆里，要用时即可移到纸上。沈先生从小就爱各处去看、去听、去闻嗅。“我的心总得为一种新鲜声音、新鲜颜色、新鲜气味而跳。”（《从文自传》）

雨后放晴的天气，日头炙到人肩上、背上已有了点儿力量。溪边芦苇水杨柳，菜园中菜蔬，莫不繁荣滋茂，带着一分有野性的生气。草丛里绿色蚱蜢各处飞着，翅膀搏动空气时皆作声。枝头新蝉声音虽不成腔，却已渐渐宏大。两山深翠逼人的竹篁中，有黄鸟和竹雀、杜鹃交递鸣叫。翠翠感觉着，望着，听着，同时也思索着……

这是夏季的白天。

月光如银子，无处不可照及，山上竹篁在月光下变成一片黑色。身边草丛中虫声繁密如落雨。间或不知从什么地方，忽然会有一只草莺“嘘！”啭着它的喉咙，不久之间，这小鸟儿又好像明白这是半夜，不应当那么吵闹，便仍然闭着那小小眼儿安睡了。

这是夏天的夜。

小饭店门前长案上常有煎得焦黄的鲤鱼豆腐，身上装饰了红辣椒丝，卧在浅口钵头里，钵旁大竹筒中插着大把朱红筷子……

这是多么热烈的颜色！

到了卖杂货的铺子里，有大把的粉条，大缸的白糖，有炮仗，有红蜡烛，莫不给翠翠一种很深的印象，回到祖父身边，总把这些东西说个半天。

粉条、白糖、炮仗、蜡烛，这都是极其常见的东西，然而它们配搭在一起，是一幅对比鲜明的画。

天已快夜，别的雀子似乎都休息了，只杜鹃叫个不息。石头、泥土为白日晒了一整天，草木为白日晒了一整天，到这时节各放散一种热气。空气中有泥土气味，有草木气味，还有各种甲虫气味。翠翠看着天上的红云，听着渡口飘乡生意人的杂乱声音，心中有些儿薄薄的凄凉。

甲虫气味大概还没有哪个诗人在作品里描写过！

曾经有人说沈从文是个文体家。

沈先生曾有意识地试验过各种文体。《月下小景》叙事重复铺张，有意模仿六朝翻译的佛经，语言也多四字为句，近似偈语。《神巫之爱》的对话让人想起《圣经》的《雅歌》和沙孚的情诗。他还曾用骈文写过一个故事。其他小说中也常有骈偶的句子，如“凡有桃花处必有人家，凡有人家处必可沽酒”“地方像茶馆却不卖茶，不是烟馆却可以抽烟”。但是通常所用的是他的“沈从文体”。这种“沈从文体”用他自己的话，就是“充满泥土气息”和“文白杂糅”。他的语言有一些是湘话，还有他个人的口头语，如“即刻”“照例”之类。他的语言里有相当多的文言成分——文言的词汇和文言的句法。问题是他把家乡话与普通话、文言和口语配置在一起，十分调和，毫不“格生”，可是就形成了沈从文自己的特殊文体。他的语言是从多方面吸取的。间或有一些当时的作家都难免的欧化的句子，如“……的我”，但极少。大部分语言是具有民族特点的。就中写人叙事简洁处，受《史记》《世说新语》的影响不少。他的语言是朴实的，朴实而有情致；流畅的，流畅而清晰。这种朴实，来自雕琢；这种流畅，来自推敲。他很注意语言的节奏感，注意色彩，也注意声音。他从来不用生造的，谁也不懂的形容词之类，用的是人人能懂的普通词汇。但是常能对于普通词汇赋予新的意义。比如《边城》里两次写翠翠拉船，所用字眼不同。一次是：

有时过渡的是从川东过茶峒的小牛，是羊群，是新娘子的花轿，翠翠必争着作渡船夫，站在船头，懒懒地攀引缆索，让船缓缓地过去。

又一次是：

翠翠斜睨了客人一眼，见客人正盯着她，便把脸背过去，抿着嘴儿，不声不响，很自负地拉着那条横缆。

“懒懒地”“很自负地”都是很平常的字眼，但是没有人这样用过，用在这里，就成了未经人道语了。尤其是“很自负的”。你要知道，这“客人”不是别个，是傩送二老呀，于是“很自负的”，就有了很多很深的意思。这个词用在这里真是最准确不过了！

沈先生对我们说过语言的唯一标准是准确（契诃夫也说过类似的意思）。所谓“准确”，就是要去找，去选择。一去比较也许你相信这是“妙手偶得之”，但是我更相信这是“众里寻他千百度，蓦然回首，那人却在灯火阑珊处”。

《边城》不到七万字，可是整整写了半年。这不是得来全不费功夫。沈先生常说，人做事要耐烦。沈从文很会写对话。他的对话都没有什么深文大义，也不追求所谓“性格化的语言”，只是极普通的说话。然而写得如闻其声，如见其人。比如端午之前，翠翠和祖父商量谁去看龙船：

见祖父不再说话，翠翠就说：“我走了，谁陪你？”

祖父说："你走了，船陪我。"

翠翠把一对眉毛皱拢去苦笑着，"船陪你，嗨，嗨，船陪你。爷爷，你真是，只有这只宝贝船！"

比如黄昏来时，翠翠心中无端地有些薄薄的凄凉，一个人胡思乱想，想到自己下桃源县过洞庭湖，爷爷要拿把刀放在包袱里，搭下水船去杀了她！她被自己的胡想吓怕起来了。心直跳，就锐声喊她的祖父：

"爷爷，爷爷，你把船拉回来呀！"

请求了祖父两次，祖父还不回来。她又叫：

"爷爷，为什么不上来？我要你！"

有人说沈从文的小说不讲结构。

沈先生的某些早期小说诚然有失之散漫冗长的。《惠明》就相当散，最散的大概要算《泥涂》。但是后来的大部分小说是很讲结构的。他说他有些小说是为了教学需要而写的，为了给学生示范，"用不同方法处理不同问题"。这"不同方法"包括或极少用对话，或全篇都用对话（如《若墨医生》）等，也指不同的结构方法。他常把他的小说改来改去，改的也往往是结构。他曾经干过一件事，把写好的小说剪成一条一条的，重新拼合，看看什么样的结构最好。他不大用"结构"这个词，常用的是"组织""安排"，怎样把材料组织好，位置安排得更妥帖。他对结构的要求是"匀称"。这是比表面的整齐更为内在的东西。一个作家在写一局部时要顾及整体，随时意识到这种匀称感。正如一棵树，一个枝子，一片叶子，这样长，那样长，都是必需的，有道理的。否则就如一束绢花，虽有颜色，终少生气。《边城》的结构是很讲究的，是完美地实现了沈先生所要求的匀称的，不长不短，恰到好处，不能增减一分。

有人说《边城》像一个长卷。其实像一套二十一开的册页，每一节都自成首尾，而又一气贯注。——更像长卷的是《长河》。

沈先生很注意开头，尤其注意结尾。

他的小说的开头是各式各样的。

《边城》的开头取了讲故事的方式：

> 由四川过湖南去，靠东有一条官路，这官路将近湘西边境，到了一个地方名叫“茶峒”的小小城时，有一小溪，溪边有座白色小塔，塔下住了一户单独的人家。这人家只一个老人，一个女孩子，一只黄狗。

这样的开头很朴素，很平易亲切，而且一下子就带起全文牧歌一样的意境。

汤显祖评董解元《西厢记》[①]，论及戏曲的收尾，说“尾”有两种，一种是“度尾”，一种是“煞尾”。“度尾”如画舫笙歌，从远地来，过近地，又向远地去；“煞尾”如骏马收缰，忽然停住，寸步不

① 实为董解元所作《西厢记诸宫调》。

移。他说得很好。收尾不外这两种。《边城》各章的收尾，两种兼见。

翠翠正坐在门外大石上用粽叶编蚱蜢、蜈蚣玩，见黄狗先在太阳下睡觉，忽然醒来便发疯似的乱跑，过了河又回来，就问它骂它：

“狗，狗，你做什么！不许这样子！”

可是一会儿那远处声音被她发现了，她于是也绕屋跑着，并且同黄狗一块儿渡过了小溪，站在小山头听了许久，让那点迷人的鼓声，把自己带到一个过去的节日里去。

这是“度尾”。

翠翠感觉着，望着，听着，同时也思索着：

“爷爷今年七十岁……三年六个月的歌——谁送那只白鸭子呢？……得碾子的好运气，碾子得谁更是好运气？……”

痴着，忽地站起，半簸箕豌豆便倾倒到水中去了。伸手把那簸箕从水中捞起时，隔溪有人喊过渡。

这是“煞尾”。

全文的最后，更是一个精彩的结尾：

到了冬天，那个圮坍了的白塔，又重新修好了。那个在月下歌唱，使翠翠在睡梦里为歌声把灵魂轻轻浮起的年青人，还不曾回到茶峒来。

这个人也许永远不回来了，也许“明天”回来。

七万字一齐收在这一句话上。故事完了，读者还要想半天。你会随小说里的人物对远人作无边的思念，随她一同盼望着，热情而迫切。

我有一次在沈先生家谈起他的小说的结尾都很好，他笑眯眯地说：“我很会结尾。”

三十年来，作为作家的沈从文很少被人提起（这些年他以一个文物专家的资格在文化界占一席位），不过也还有少数人在读他的小说。有一个很有才华的小说家对沈先生的小说存着偏爱。他今年春节，温读了沈先生的小说，一边思索着一个问题：什么是艺术生命？他的意思是说，为什么沈先生的作品现在还有蓬勃的生命？我对这个问题也想了几天，最后还是从沈先生的小说里找到了答案，那就是《长河》里的夭夭所说的：“好看的应该长远存在。”

现在，似乎沈先生的小说又受到了重视。出版社要出版沈先生的选集，不止一个大学的文学系开始研究沈从文了。这是好事。这是春天里的“百花齐放”的一种体现。这对推动创作的繁荣是有好处的，我想。

一九八〇年五月二十二日黎明写完

怎样读小说

老舍/文

我们读了小说，才会明白人间。

写一本小说不容易，读一本小说也不容易。平常人读小说，往往以为既是“小”说，必无关宏旨，所以就随便一看，看完了顺手一扔，有无心得，全不过问。这个态度，据我看，是不大对的。

光阴是宝贵的，我们既破功夫去念一本书，而又不问有无心得，岂不是浪费了光阴吗？我们要这样去读小说，何不去玩玩球，练练武术，倒还有益于身体呀？再说，小说之所以能够存在，并不见完全因为它“小”而易读，可供消遣。反之，它之所以能够存在，正因为它有它特具的作用，不是别的书籍所能替代的。化学不能代替心理学，物理学不能代替历史；同样的，别的任何书籍也都不能代替小说。

小说是讲人生经验的。我们读了小说，才会明白人间，才会知道处身涉世的道理。这一点好处不是别的书籍所能供给我们的。

哲学能教咱们“明白”，但是它不如小说说得那么有趣，那么亲切，那么动人，因为哲学太板着面孔说话，而小说则生龙活虎地去描写，使人感到兴趣，因而也就不知不觉地发生了潜移默化的作用。历史也写人间，似乎与小说相同。可是，一般地说，历史往往缺乏着文艺性，使人念了头疼；即使含有文艺性，也不能像小说那样圆满生动，活灵活现。历史可以近乎小说，但代替不了小说。

世间恐怕只有小说能原原本本、头头是道地描画人世生活，并且能暗示出人生意义。就是戏剧也没有这么大的本事，因为戏剧须摆在舞台上去，而舞台的限制就往往教剧本不能像小说那样自由描画。于此，我们知道了，小说是在书籍里另成一格，也就与别种书籍同样的有它独立的、无可代替的价值与使命。它不是仅供我们念着“玩”的。

读小说，第一能教我们得到益处的，便是小说的文字。世界上虽然也有文字不甚好的伟大小说，但是一般地来说，好的小说大多数是有好文字的。所以，我们读小说时，不应只注意它的内容，也须学习它的文字：看它怎么以最少的文字，形容出复杂的心态物态来；看它怎样用最恰当的文字，把人情物状一下子形容出来，活生生地立在我们的眼前。

况且一部小说中，又是有人有景有对话，千状万态，包罗万象，更是使我们心宽眼亮，多见多闻；假若我们细心去读的话，它简直就是一部最好的最丰富的模范文。反之，假若我们读到一部文字不甚好的小说，即使它有些内容，我们也就知道这部小说是不甚完美的，因为它有个文字拙劣的缺点。

在我们读过一段描写人，或描写事物的文字以后，试把小说放在一边，而自己拟作一段，我们便得到很不小的好处，因为拿我们自己的拟作与原文一比，就看出来人家的是何等简洁有力，或委婉多姿。而且还可以看出来，人家之所以能体贴入微者，必是由真正的经验而来，并不是先写好了“人生于世”而后敷衍成章的。假若我们也要写好文章，我们便也应该去细心观察人生与事物，观察之后，加以揣摩，而后我们才能把其中的精彩部分捉到，下笔如有神矣。闭着眼睛想是写不出来东西的。

文字以外，我们该注意的是小说的内容。要断定一本小说内容的好坏，颇不容易，因为世间的任何一件事都可以作为小说的材料，实在不容易分别好坏。不过，大概地说，我们可以这样来决定：关心社会的便好，不关心社会的便坏。这似乎是说，要看作者的态度如何了。同一件事，在甲作家手里便当作一个社会问题而提出之，在乙作家手里或者就当作一件好玩的事来说。前者的态度严肃，关切人生；后者的态度随便，不关切人生。那么，前者就给我们一些知识，一点教训，所以好；后者只是供我们消遣，白费了我们的光阴，所以不好。

青年们读小说，往往喜爱剑侠小说。行侠仗义，好打不平，本是一个黑暗社会中应有的好事。倘若作者专向着“侠”字这一方面去讲，他多少必能激动我们的正义感，使我们也要有除暴安良的抱负。反之，倘若作者专注意到“剑”字上去，说什么口吐白光，斗了三天三夜的法而不分胜负，便离题太远，而使我们渐渐走入魔道了。青年们没有多少判断能力，而且又血气方刚，喜欢热闹，故每每以惊奇与否断定小说的好歹，而不知惊奇的事未必有什么道理，我们费了许多光阴去阅读，并不见得有丝毫的好处。同样的，小说的穿插若专为故作惊奇，并不见得就是好作品，因为卖关子，耍笔调，都是低卑的技巧；而好的小说，虽然没有这些花样，也自能引人入胜。

一部好的小说，必是真有得说，真值得说；它绝不求助于小小的技巧来支持门面。作者要怎样说，自然有个打算，但是这个打算是想把故事拉得长长的，好多赚几个钱。

所以，我们读一本小说，绝不该以内容与穿插的惊奇与否而定去取，而是要以作者怎样处理内容的态度和怎样设计去表现，去定好坏。假若我们能这样去读小说，则小说一定不是只供消遣的东西，而是对我们的文学修养与处世的道理，都大有裨益的。

原载一九四三年三月十日《国文杂志》
第一卷第四、五期合刊号

叁

黄花不负秋风意

猛虎与蔷薇

余光中 / 文

我心里有猛虎在细嗅蔷薇。

英国当代诗人西格夫里·萨松（Siegfried Sassoon，1886—1967）曾写过一行不朽的警句："In me the tiger sniffs the rose." 勉强把它译成中文，便是："我心里有猛虎在细嗅蔷薇。"

如果一行诗句可以代表一种诗派（有一本英国文学史曾举柯立治《忽必烈汗》中的三行诗句："好一处蛮荒的所在！如此的圣洁、鬼怪，像在那残月之下，有一个女人在哭她幽冥的欢爱！"为浪漫诗派的代表），我就愿举这行诗为象征诗派艺术的代表。每次念及，我不禁想起法国现代画家亨利·卢梭（Henri Rousseau，1844—1910）的杰作《沉睡的吉普赛人》。假使卢梭当日所画的不是雄狮逼视着梦中的浪子，而是猛虎在细嗅含苞的蔷薇，我相信，这幅画同样会成为杰作。惜乎卢梭逝世，而萨松尚未成名。

我说这行诗是象征诗派的代表，因为它具体而又微妙地表现出许多哲学家所无法说清的话；它表现出人性里两种相对的本质，但同时更表现出那两种相对的本质的调和。假使他把原诗写成了"我心里有猛虎雄踞在花旁"，那就会显得呆笨、死板，徒然加强了人性的内在矛盾。只有原诗才算恰到好处，因为猛虎象征人性的一方面，蔷薇象征人性的另一面，而“细嗅”刚刚象征着两者的关系，两者的调和与统一。

原来人性含有两面：其一是男性的，其一是女性的；其一如苍鹰，如飞瀑，如怒马；其一如夜莺，如静池，如驯羊。所谓雄伟和秀美，所谓外向和内向，所谓戏剧型的和图画型的，所谓戴奥尼苏斯艺术和阿波罗艺术，所谓“金刚怒目，菩萨低眉”，所谓“静如处女，动如脱兔”，所谓“骏马秋风冀北，杏花春雨江南”，所谓“杨柳岸，晓风残月”和“大江东去”，一句话，姚姬传所谓的阳刚和阴柔，都无非是这两种气质的注脚。两者粗看若相反，实则乃相成。实际上每个人多多少少都兼有这两种气质，只是比例不同而已。

东坡有幕士，尝谓柳永词只合十七八女郎，执红牙板，歌“杨柳岸，晓风残月”；东坡词须关西大汉，铜琵琶，铁绰板，唱“大江东去”。东坡为之“绝倒”。他显然因此种阳刚和阴柔之分而感到自豪。其实东坡之词何尝都是“大江东去”？“笑渐不闻声渐悄，多情却被无情恼”“绣帘开，一点明月窥人”，这些词句，恐怕也只合十七八女郎曼声低唱吧？而柳永的词句“长安古道马迟迟，高柳乱蝉嘶”，以及“渡万壑千岩，越溪深处。怒涛渐息，樵风乍起，更闻商旅相呼。片帆高举。”又是何等境界！就是晓风残月的上半阕那一句“暮霭沉沉楚天阔”，谁能说它竟是阴柔？他如王维以清淡胜，却写过“一身转战三千里，一剑曾当百万师”的诗句；辛弃疾以沉雄胜，却写过“罗帐灯昏，哽咽梦中语”的词句。再如浪漫诗人济慈和雪莱，无疑地都是阴柔的了。可是清啭的夜莺也曾唱过：“或是像精壮的科德慈，怒着鹰眼，凝视在太平洋上。”就是在那阴柔到了极点的《夜莺曲》里，也还有这样的句子。“同样的歌声时常/迷住了神怪的长窗/那荒僻妖土的长窗/俯临在惊险的海上”。至于那只云雀，他那《西风歌》里所蕴藏的力量，简直是排山倒海，雷霆万钧！还有那一首十四行诗《阿西曼地亚斯》（*Ozymandias*），除了表现艺术不朽的思想不说，只其气象之伟大，魄力之雄浑，已可匹敌太白的“西风残照，汉家陵阙”。

也就是因为人性里面多多少少地含有这相对的两种气质，许多人才能够欣赏和自己气质不尽相同，甚至大不相同的人。例如在英国，华兹华斯欣赏弥尔顿，拜伦欣赏蒲柏，夏绿蒂·勃朗特欣赏萨克雷，司各特欣赏简·奥斯丁，斯文伯恩欣赏兰多，兰多欣赏布朗宁。在我国，辛弃疾欣赏李清照也是一个最好的例子。

但是平时为什么我们提起一个人，就觉得他是阳刚，而提起另一个人，又觉得他是阴柔呢？这是因为各人心里的猛虎和蔷薇所成的形势不同。有人的心原是虎穴，穴口的几朵蔷薇免不了猛虎的践踏；有人的心原是花园，园中的猛虎不免给那一片香潮醉倒。所以前者气质近于阳刚，而后者气质近于阴柔。然而踏碎了的蔷薇犹能盛开，醉倒了的猛虎有时醒来。所以霸王有时悲歌，弱女有时杀贼；梅村、子山晚作悲凉；萨松在第一次世界大战后出版了低调的《心旅》（*The Heart's Journey*）。

“我心里有猛虎在细嗅蔷薇。”人生原是战场，有猛虎才能在逆流里立定脚跟，在逆风里把握方向，做暴风雨中的海燕，做不改颜色的孤星。有猛虎，才能创造慷慨悲歌的英雄事业；涵蕴耿介拔俗的志士胸怀，才能做到孟郊所谓的“镜破不改光，兰死不改香”！同时人生又是幽谷，有蔷薇才能烛隐显幽，体贴入微；有蔷薇才能看到苍蝇搓脚，蜘蛛吐丝，才能听到暮色潜动，春草萌芽，才能做到“一沙一世界，一花一天国”。在人性的国度里，一只真正的猛虎应该能充分地欣赏蔷薇，而一朵真正的蔷薇也应该能充分地尊敬猛虎；微蔷薇，猛虎变成了菲力斯旦（Philistine）；微猛虎，蔷薇变成了懦夫。韩黎诗：“受尽了命运那巨棒的痛打，我的头在流血，但不曾垂下！”华兹华斯诗：“最微小的花朵对于我，能激起非泪水所能表现的深思。”完整的人生应该兼有这两种至高的境界。一个人到了这种境界，他能动也能静，能屈也能伸，能微笑也能痛哭，能像20世纪人一样的复杂，也能像亚当夏娃一样的纯真，一句话，他心里已有猛虎在细嗅蔷薇。

一九五二年十月二十四日夜

自剖

徐志摩 / 文

爱和平是我的生性。

我是个好动的人：每回我身体行动的时候，我的思想也仿佛就跟着跳荡。我作的诗，不论它们是怎样的“无聊”，有不少是在行旅期中想起的，我爱动，爱看动的事物，爱活泼的人，爱水，爱空中的飞鸟，爱车窗外掣过的田野山水。星光的闪动，草叶上露珠的颤动，花须在微风中的摇动，雷雨时云空的变动，大海中波涛的汹涌，都是在触动我感兴的情景。是动，不论是什么性质，就是我的兴趣，我的灵感。是动就会催快我的呼吸，加添我的生命。

近来却大大的变样了。第一我自身的肢体，已不如原先灵活；我的心也同样的感受了不知是年岁还是什么拘絷。动的现象再不能给我欢喜，给我启示。先前我看着在阳光中闪烁的金波，就仿佛看见神仙宫阙——什么荒诞美丽的幻觉，不在我的脑中一闪闪地掠过；现在不同了，阳光只是阳光，流波只是流波，任凭景色怎样的灿烂，再也照不化我的呆木的心灵。我的思想，如其偶尔有，也只似岩上的藤萝，贴着枯干的粗糙的石面，极困难地蜒着；颜色是苍黑的，姿态是倔强的。

我自己也不懂得何以这变迁来得这样的兀突，这样的深彻。原先我在人前自觉竟是一注的流泉，时时有飞沫，时时有闪光；现在这泉眼，如其还在，仿佛是叫一块石板不留余隙地给镇住了。我再没有先前那样蓬勃的情趣，每回我想说话的时候，就觉着那石块的重压，怎么也掀不动，什么也推不开，结果只能自安沉默！“你再不用想什么了，你再没有什么可想的了。”“你不用开口了，你再没有什么话可说的了。”我常觉得我沉闷的心府里有这样半嘲讽半吊唁的谆嘱。

说来我思想上或经验上也并不曾经受什么过分剧烈的戟刺。我处境是向来顺的，现在，如其有不同，只是更顺了的。那么为什么这变迁？远的不说，就比如我年前到欧洲去时的心境：啊！我那时还不是一只初长毛角的野鹿？什么颜色不激动我的视觉，什么香味不奋兴我的嗅觉？我记得我在意大利写游记的时候，情绪是何等的活泼，兴趣何等的醇厚，一路来眼见耳听心感的种种，哪一样不活栩栩地丛集在我的笔端，争求充分的表现！如今呢？我这次到南方去，来回也有一个多月的光景，这期内眼见耳听心感的事该有不少。我未动身前，又何尝不自喜此去又可以有机会饱餐西湖的风色、邓尉的梅香——单提一两件最合我脾胃的事，有好多朋友也曾期望我在这闲暇的假期中采集一点江南风趣，归来时，至少也该带回一两篇爽口的诗文，给在北京泥土的空气中活命的朋友们一些清醒的消遣。但在事实上不但在南中时我白瞪着大眼，看天亮换天昏，又闭上了眼，拼天昏换天亮，一支秃笔跟着我涉海去，又跟着我涉海回来，正如岩洞里的一根石笋，压根儿就没一点摇动的消息；就在我回京后这十来天，任凭朋友们怎样的催促，自己良心怎样的责备，我的笔尖上还是滴不出一点墨汁来。我也曾勉强想想，勉强想写，但到底还是白费！可怕是这心灵骤然的呆顿。完全死了不成？我自己在疑惑。

说来是时局也许有关系。我到京几天就逢着空前的血案。五卅事件发生时我正在意大利山中，采茉莉花编花篮儿玩，翡冷翠山中只见明星与流萤的交唤。花香与山色的温存，俗氛是吹不到的。直到七月间到了伦敦我才理会国内风光的惨淡，等到我赶回来时，设想中的激昂，又早变成了明日黄花，看得见的痕迹只有满城黄墙上墨彩斑斓的“泣告”。

这回却不同，屠杀的事实不仅是在我住的城子里发现，我有时竟觉得是我自己的灵府里的一个惨象。杀死的不仅是青年们的生命，我自己的思想也仿佛遭着了致命的打击，好比是国务院前的断脰残肢，再也不能回复生动与连贯。但深刻的难受在我是无名的，是不能完全解释的。这回事变的奇惨性引起愤慨与悲切是一件事，但同时我们也知道在这根本起变态作用的社会里，什么怪诞的情形都是可能的。屠杀无辜，还不是年来最平常的现象。自从内战纠结以来，在受战祸的区域内，哪一处村落不曾分到过遭奸污的女性、屠残的骨肉、供牺牲的生命财产？这无非是给冤氛团结的地面上多添一团更集中更鲜艳的怨毒。再说哪一个民族的解放史能不浓浓地染着Martyrs①的腔血？俄国革命的开幕就是二十年前冬宫的血景，只要我们有识力认定，有胆量实行我们理想中的革命，这回羔羊的血就不会是白涂的。所以我个人的沉闷决不完全是这回惨案引起的感情作用。

爱和平是我的生性。在怨毒、猜忌、残杀的空气中，我的神经每

① 译为“烈士”。

每感受一种不可名状的压迫。记得前年奉直战争时我过的那日子简直是一团黑漆，每晚更深时，独自抱着脑壳伏在书桌上受罪，仿佛整个时代的沉闷盖在我的头顶——直到写下了《毒药》那几首不成形的咒诅诗以后，我心头的紧张才渐渐地缓和下去。这回又有同样的情形；只觉着烦，只觉着闷，感想来时只是破碎，笔头只是笨滞。结果身体也不舒畅，像是蜡油涂抹了全身毛窍似的难过，一天过去了又是一天，我这里又在重演更深独坐箍紧脑壳的姿势，窗外皎洁的月光，分明是在嘲讽我内心的枯窘！

不，我还得往更深处按。我不能叫这时局来替我思想骤然的呆顿负责，我得往我自己生活的底里找去。

平常有几种原因可以影响我们的心灵活动。实际生活的牵制可以划去我们心灵所需要的闲暇，积成一种压迫。在某种热烈的想望不曾得满足时，我们感觉精神上的闷与焦躁，失望更是颠覆内心平衡的一个大原因；较剧烈的种类可以麻痹我们的灵智，淹没我们的理性。但这些都合不上我的病源；因为我在实际生活里已经得到十分的幸运，我的潜在意识里，我敢说不该有什么压着的欲望在作怪。

但是在实际上反过来看另有一种情形可以阻塞或是减少你心灵的活动。我们知道舒服、健康、幸福是人生的目标，我们因此推想我们痛苦的起点是在望见那些目标而得不到的时候。我们常听人说："假如我像某人那样生活无忧我一定可以好好地做事，不比现在整天的精神全花在琐碎的烦恼上。"我们又听说："我不能做事就为身体太坏，若是精神来得，那就……"我们又常常设想幸福的境界，我们想："只要有一个意中人在跟前那我一定奋发，什么事做不到？"但是不，在事实上，舒服、健康、幸福，不但不一定是帮助或奖励心灵生活的条件，它们有时正得相反的效果。我们看不起有钱人，在社会上得意人，肌肉过分发达的运动家，也正在此；至于年少人幻想中的美满幸福，我敢说等得当真有了红袖添香，你的书也就读不出所以然来，且不说什么在学问上或艺术上更认真的工作。

那么生活的满足是我的病源吗？

“在先前的日子，”一个真知我的朋友，就说，“正为是你生活不得平衡，正为你有欲望不得满足，你的压在内里的Libido[1]就形成一种升华的现象，结果你就借文学来发泄你生理上的郁结。（你不常说你从事文学是一件不预期的事吗？）这情形又容易使你的意识里形成一种虚幻的希望，因为你的写作得到一部分赞许，你就自以为确有相当创作的天赋以及独立思想的能力。但你只是自冤自，实在你并没有什么超人一等的天赋，你的设想多半是虚荣，你的以前的成绩只是升华的结果。所以现在等得你生活换了样，感情上有了安顿，你就发现你向来写作的来源顿呈萎缩甚至枯竭的现象；而你又不愿意承认这情形的实在，妄想到你身子以外去找你思想枯窘的原因，所以你就不由得感到深刻的烦闷。你只是对你自己生气，不甘心承认你自己的本相。不，你原来并没有三头六臂的！

“你对文艺并没有真兴趣，对学问并没有真热心。你本来没有什么更高的志愿，除了相当合理的生活，你只配安分做一个平常人，享你命里注定的‘幸福’；在事业界，在文艺创作界，在学问界内，全

① 力比多，指性欲、性动力或生命力。

没有你的位置，你真的没有那能耐。不信你只要自问在你心里的心里有没有那无形的‘推力’，整天整夜地恼着你，逼着你，督着你，放开实际生活的全部，单望着不可捉摸的创作境界里去冒险？是的，顶明显的关键就是那无形的推力或是冲动（The Impulse），没有它人类就没有科学，没有文学，没有艺术，没有一切超越功利实用性质的创作。你知道在国外（国内当然也有，许没那样多）有多少人被这无形的推力驱使着，在实际生活上变成一种离魂病性质的变态动物，不但人间所有的虚荣永远沾不上他们的思想，就连维持生命的睡眠饮食，在他们都失了重要，他们全部的心力只是在他们那无形的推力所指示的特殊方向上集中应用。怪不得有人说天才是疯癫，我们在巴黎、伦敦不就到处碰得着这类怪人？如其他是一个美术家，恼着他的就只怎样可以完全表现他那理想中的形体；一个线条的准确，某种色彩的调谐，在他会得比他生身父母的生死与国家的存亡更重要，更迫切，更要求注意。我们知道专门学者有终身掘坟墓的，研究蚊虫生理的，观察亿万万里外一个星的动定的。并且他们决不问社会对于他们的劳力有否任何的认识，那就是虚荣的进路；他们是被一点无形的推力的魔鬼蛊定了的。

“这是关于文艺创作的话。你自问有没有这种情形？你也许经验过什么‘灵感’，那也许有，但你却不要把刹那误认作永久的，虚幻认作真实。至于说思想与真实学问的话，那也得背后有一种推力，方向许不同，性质还是不变。做学问你得有原动的好奇心，得有天然热情和态度去做求知识的功夫。真思想家的准备，除了特强的理智，还得有一种原动的信仰；信仰或寻求信仰，是一切思想的出发点：极端的怀疑派思想也只是期望重新位置信仰的一种努力。从古来没有一个思想家不是宗教性的。在他们，各按各的倾向，一切人生的和理智的问题是实在有的；神的有无，善与恶，本体问题，认识问题，意志自由问题，在他们看来都是含逼迫性的现象，要求合理的解答比山岭的崇高，水的流动，爱的甜蜜更真，更实在，更耸动。他们的一点心灵，就永远在他们设想的一种或多种问题的周围飞舞、旋绕，正如灯蛾之于火焰：牺牲自身来贯彻火焰中心的秘密，是他们共有的决心。

“这种惨烈的情形，你怕也没有吧？我不说你的心幕上就没有思想的影子；但它们怕只是虚影，像水面上的云影，云过影子就跟着消散，不是石上的溜痕越日久越深刻。

“这样说下来，你倒可以安心了！因为个人最大的悲剧是设想一个虚无的境界来谎骗你自己，骗不到底的时候你就得忍受‘幻灭’的莫大的苦痛。与其那样，还不如及早认清自己的深浅，不要把不必要的负担放上支撑不住的肩背，压坏你自己，还难免旁人的笑话！朋友，不要迷了，定下心来享你现成的福分吧；思想不是你的分，文艺创作不是你的分，独立的事业更不是你的分！天生扛了重担来的那也没法想。（哪一个天才不是活受罪！）你是原来轻松的，这是多可羡慕，多可贺喜的一个发现！算了吧，朋友！”

一九二六年三月二十五日至四月一日

哭摩

陆小曼 / 文

直到现在还只有你一个人是真懂得我的。

我深信世界上恐怕没有可以描写得出我现在心中悲痛的一支笔。不要说我自己这支轻易也不能动的一支。可是除此之外我更无可以泄我满怀伤怨的心的机会了，我希望摩的灵魂也来帮我一帮，苍天给我这一霹雳直打得我满身麻木得连哭都哭不出来，浑身只是一阵阵的麻木。几日的昏沉直到今天才清醒过来，知道你是真的与我永别了。摩！漫说是你，就怕是苍天也不能知道我现在心中是如何的疼痛，如何的悲伤！从前听人说起“心痛”，我老笑他们虚伪，我想人的心怎会觉得痛，这不过说说而已，谁知道我今天才真的尝到这一阵阵心中绞痛似的味儿了。你知道吗？曾记得当初我只要稍有不适即有你声声地在旁慰问，咳，如今我即使是痛死也再没有你来低声下气地慰问了，摩，你是不是真的忍心永远地抛弃我了吗？你从前不是说你我最后的呼吸也需要连在一起才不负你我相爱之情吗？你为什么不早些告诉我是要飞去呢？直到如今我还是不信你真的是飞了，我还是在这儿天天盼着你回来陪我呢，你快点将未了的事情办一下，来同我一同到云外优游去吧，你不要一个人在外逍遥，忘记了闺中还有我等着呢！

这不是做梦吗？生龙活虎似的你倒先我而去，留着一个病恹恹的我单独与这满是荆棘的前途来斗争。志摩，这不是太惨了吗？我还留恋些什么？可是回头看看我那苍苍白发的老娘，我不由得一阵阵只是心酸，也不敢再羡你的清闲、爱你的优游了，我再哪有这勇气，去看她这个垂死的人与你双双飞进这云天里去围绕着灿烂的明星跳跃，忘却人间有忧愁有痛苦，像只没有牵挂的梅花鸟。这类的清福怕我还没有缘去享受！我知道我在尘世间的罪还未满，尚有许多的痛苦与罪孽还等着我去忍受呢。我现在唯一的希望是你倘能在一个深沉的黑夜里，静静凄凄地放轻了脚步走到我的枕边给我些无声的私语让我在梦魂中知道你！我的大大是回家来探望你那忘不了的爱来了，那时间，我绝不张皇！你不要慌，没人会来惊扰我们的。多少你总得让我再见一见你那可爱的脸，我才有勇气往下过这寂寞的岁月，你来吧，摩！我在等着你呢。

事到如今我一点也不怨，怨谁好？恨谁好？你我五年的相聚只是幻影，不怪你忍心去，只怪我无福留，我是太薄命了，十年来受尽千般的精神痛苦、万样的心灵摧残，直将我这颗心打得破碎得不可收拾，到今天才真变成了死灰，也再不会发出怎样的光彩了。好在人生的刺激与柔情我也曾尝味，我也曾容忍过了，现在又受到了人生最可怕的死别。不死也不免是朵憔悴的花瓣再见不着阳光晒，也不见甘露漫了。从此我再不能知道世间有我的笑声了。

经过了许多的波折与艰难才达到了结合的日子，你我那时快乐得简直忘记了天有多高地有多厚，也忘记了世界上有忧愁二字，快活的日子过得与飞一般快，谁知道不久我们又走进忧城。病魔不断地来缠着我。它带着一切的烦恼、许多的痛苦，那时间我身体上受到了不可言语的沉痛，你精神上也无端地沉入忧闷。我知道你见我病身呻吟，转侧床笫，你心坎里有说不出的怜惜，满肠中有无限的伤感，你曾慰我，我无从使你再有安逸的日子。

摩，你为我荒度了你的诗意，失却了你的文兴，受着一般人的笑骂，我也只是在旁默然自恨，再没有法子使你像从前一样地欢乐。谁知你不顾一切地还是成天地安慰我，叫我不要因为生些病就看得前途只是黑暗，有你永远在我身边，不要再怕一切无谓的闲论。我就听着你静心平气地养病，只盼着天可怜我们几年的奋斗，给我们一个安逸的将来，谁知道如今一切都是幻影，我们的梦再也不能实现了，早知有今日何必当初你用尽心血地将我抚养呢？让我前年病死了，不是痛快得多吗？你常说天无绝人之路，守着好了，哪知天竟绝人如此，哪里还有我平坦走着的道儿？这不是命吗？还说什么？摩，不是我到今天还在怨你，你爱我，你不该轻生，我为你坐飞机吵闹不知几次，你还是忘了我的一切的叮咛，瞒着我独自地飞上天去了。

完了，完了，从此我再也听不到你那叽咕小语了，我心里的悲痛你知道吗？我的破碎的心留着等你来补呢，你知道吗？唉，你的灵魂也有时归来见我吗？那天晚上我在朦胧中见到你往我身边跑，只是那一转眼地就不见了，等我跳着，叫着你，也再不见一些模糊的影子了。咳，你叫我从此怎样度此孤单的日月呢？真是叫天天不应，叫地地不响，苍天为何给我这样残酷的刑罚呢！从此我再不信有天道、有人心，我恨这世界，我恨天，恨地，我一切都恨，我恨他们为什么抢了我的你去，生生地将我们两颗碰在一起的心离了开去，从此叫我无处去摸我那一半热血未干的心，你看，我这一半还是不断地流着鲜红的血，流得满身只成了个血人。这伤痕除了那一半的心血来补，还有什么法子不叫她滴滴地直流呢？痛死了有谁知道，终有一天流完了血，自己就枯萎了。若是有时候你清风一阵地吹回来见着我成天为你滴血的一颗心，不知道又要如何地怜惜如何地张皇呢，我知道你又瞪着两个小猫似的眼珠儿乱叫乱喊着。我希望你叫得高声些，让我好听得见，你知道我现在只是一阵阵糊涂，有时人家大声地叫着我，我还是东张西望不知声音是何处来的呢。大大，若是我正在接近着梦边，你也不要怕扰了我的梦魂，像平常似的不敢惊动我，你知道我再不会骂你了，就是你打扰使我睡不着觉我也不敢再怨了，因为我只要再能得到你一次的扰，我就可以责问他们因何骗我说你不再回来；让他们看着我的摩还是丢不了我，乖乖地又回来陪伴着我了，这一回我可一定紧紧地搂抱你再不能叫你飞出我的怀抱了。天呀！可怜我，再让你回来一次吧！我没有得罪你，为什么罚我呢？

摩！我这儿叫你呢，我喉咙里叫得直要冒血了，你难道还没有听见吗？直叫到铁树开花、枯木发芽我还是忍心等着，你一天不回来，我一天地叫，等着我哪天没有了气我才甘心地丢开这唯一的希望。

你这一走不单是碎了我的心，也收了不少朋友伤感的痛泪。这一下真使人们感觉到人世的可怕、世道的险恶，没有多少日子竟会将一个最纯白最天真不可多见的人收了去，与人世永诀。你也许到了天堂，在那儿还一样过你的欢乐的日子，可是你将我从此就断送了。

你以前不是说要我像清风似的常在你的左右吗？好，现在倒是你先化作一阵清风飞去天边了，我盼你有时也吹回来帮着我做些未了的事情，只要你有耐心的话，最好是等着我将人世的事办完了同着你一同化风飞去，让朋友们永远只听见我们的风声而不见我们的人影，在黑暗里我们好永远逍遥自在地飞舞。

我真不明白你我在佛经上是怎样一种因果，既有缘相聚又因何中途分散，难道说这也有一定的定数吗？记得我在北平的时候，那时还没有认识你，我是成天地过着那忍泪假笑的生活。我对人老含着一片至诚纯白的心而结果反遭不少人的讥诮，竟可以说没有一个人能明白我，能看透我的。一个人遭受着不可言语的痛苦，当然地不由得生出厌世之心，所以我一天天地只是藏起了我的真实的心而拿一个虚伪的心来对付这混浊的社会，也不再希望有人能真正地认识我明白我。

甘心愿意从此自相摧残地怏怏了此残生，谁知道就在那时候会遇见了你，真如同在黑暗里见着了一线光明，将死的人又兑了一口气，生命从此转了一个方向。摩摩，你明白我，真算是透彻极了，你好像是成天钻在我的心房里似的，直到现在还只有你一个人是真懂得我的。

我记得我每遭人辱骂的时候你老是百般地安慰我，使我不得不对你生出一种不可言喻的感觉，我老说，有你，我还怕谁骂？你也常说，只要我明白你，你的人是我一个人的，你又为什么要去顾虑别人的批评呢？所以我哪怕成天受着病魔的缠绕也再不敢有所怨恨的了。我只是对你满心的歉意，因为我们理想中的生活全被我的病魔打破，连累着你成天也过那愁闷的日子。可是两年来我从来未见你有一些怨恨，也不见你因此对我稍有冷淡之意。也难怪文伯要说，你对我的爱是compatible and true的了，我只怨我真是无以对你，这，我只好招之于将来了。

我现在不顾一切往着这满是荆棘的道路上走去，去寻一点真实的发展，你不是常怨我跟你几年没有受着一些你的诗意的熏陶吗？我也实在惭愧，真是辜负你一片至诚的心了，我本来一百个放心，以为有你会永久在我身边，还怕将来没有一个成功吗？谁知现在我只得独自奋斗，再不能得你一些相助了，可是我若能单独撞出一条光明的大路也不负你爱我的心了，愿你的灵魂在冥冥中给我一点勇气，让我在这生命的道路上不再感受到孤立的恐慌。

我现在很坚定地答应你从此再不张着眼睛做梦躺在床上乱讲，病魔也得最后与它决斗一下，不是它生便是我倒，我一定做一个你一向希望我所能成的一种人，我决心做人，我决心做一点认真的事业，虽然我头顶只见乌云，地下满是黑影，可是我还记得你常说“受苦的人没有悲观的权利”。一个人决不能让悲观的慢性病侵蚀人的精神，同厌世的恶质染黑人的血液。

我此后不再病（你非暗中保护不可），我只叫我的心从此麻木，不再问世界有恋情，人们有欢娱，我早打发我的心、我的灵魂去追随你的左右，像一朵水莲花拥扶着你往白云深处去缭绕，决不回头偷看尘间的作为，留下我的躯壳同生命来奋斗。到战胜的那一天，我盼你带着悠悠的乐声从一团彩云里脚踏莲花瓣来接我同去永久地相守，过我们理想中的岁月。

一转眼，你已经离开了我一个多月了，在这段时间我也不知道是怎样过来的，朋友们跑来安慰我，我也不知道说什么好。虽然决心不生病，谁知一直到现在也没有离开过我一天。摩摩，我虽然下了天大的决心，想与你争一口气，可是叫我怎能受得了每天每时悲念你时的一阵阵心肺的绞痛，到现在有时想哭，眼泪却干得流不出一点。

要叫，喉中疼得发不出声，虽然他们成天逼我喝一碗碗的苦水，也难以补得了我心头的悲痛，怕的是我恹恹的病体再受不了那岁月的摧残。我的爱，你叫我怎样忍受没有你在我身边的孤单。你那幽默的灵魂为什么这些日子也不给我一些声响？我晚间有时也叫了他们走开，房间不让有一点声音，盼你在人静时给我一些声响，叫我知道你的灵魂是常常环绕着我，也好叫我在茫茫前途感觉到一点生趣，不然怕死也难以支撑下去了。摩！大大！求你显一显灵吧，你难道真的忍心从此不再同我说一句话了吗？不要这样地苛酷了吧！你看，我这孤单一人影从此怎样地去撞这艰难的世界？难道你看了不心痛吗？你爱我的心还存在吗？你为什么不响？大！你真的不响了吗？

悼志摩

林徽因 / 文

“那是志摩，你又有什么法子！”

十一月十九日我们的好朋友，许多人都爱戴的新诗人，徐志摩突兀的，不可信的，残酷的，在飞机上遇险而死去。这消息在二十日的早上像一根针刺触到许多朋友的心上，顿使那一早的天墨一般地昏黑，哀恸的咽哽锁住每一个人的嗓子。

志摩……死……谁曾将这两个句子联在一处想过！他是那样活泼的一个人，那样刚刚站在壮年的顶峰上的一个人。朋友们常常惊讶他的活动，他那像小孩般的精神和认真，谁又会想到他死？

突然的，他闯出我们这共同的世界，沉入永远的静寂，不给我们一点预告，一点准备，或是一个最后希望的余地。这种几乎近于忍心的决绝，那一天不知震麻了多少朋友的心？现在那不能否认的事实，仍然无情地挡住我们前面。任凭我们多苦楚的哀悼他的惨死，多迫切的希冀能够仍然接触到他原来的音容，事实是不会为我们这伤悼而有些许活动的可能！这难堪的永远静寂和消沉便是死的最残酷处。

我们不迷信的，没有宗教地望着这死的帷幕，更是丝毫没有把握。张开口我们不会呼吁，闭上眼不会入梦，徘徊在理智和情感的边沿，我们不能预期后会，对这死，我们只是永远发怔，吞咽枯涩的泪；待时间来剥削着哀恸的尖锐，痂结我们每次悲悼的创伤。那一天下午初得到消息的许多朋友不是全跑到胡适之先生的家里吗？但是除去拭泪相对，默然围坐外，谁也没有主意，谁也不知有什么话说，对这死！

谁也没有主意，谁也没有话说！事实不容我们安插任何的希望，情感不容我们不伤悼这突兀的不幸，理智又不容我们有超自然的幻想！默然相对，默然围坐……而志摩则仍是死去没有回头，没有音讯，永远地不会回头，永远地不会再有音讯。

我们中间没有绝对信命运之说的，但是对着这不测的人生，谁不感到惊异，对着那许多事实的痕迹又如何不感到人力的脆弱，智慧的有限。世事尽有定数？世事尽是偶然？对这永远的疑问我们什么时候能有完全的把握？

在我们前边展开的只是一堆坚质的事实：

“是的，他十九晨有电报来给我……

“十九早晨，是的！说下午三点准到南苑，派车接……

“电报是九时从南京飞机场发出的……

“应是他开始飞行以后所发……

“派车接去了，等到四点半……说飞机没有到……

“没有到……航空公司说济南有雾……很大……”

只是一个钟头的差别；下午三时到南苑，济南有雾！谁相信就是这一个钟头中便可以有这么不同事实的发生，志摩，我的朋友！

他离平的前一晚我仍见到，那时候他还不知道他次晨南旅的，飞机改期过三次，他曾说如果再改下去，他便不走了的。我和他同由一个茶会出来，在总布胡同口分手。在这茶会里我们请的是为太平洋会议来的一个柏雷博士，因为他是志摩生平最爱慕的女作家曼殊斐儿的姊丈，志摩十分的殷勤；希望可以再从柏雷口中得些关于曼殊斐儿早年的影子，只因限于时间，我们茶后匆匆地便散了。晚上我有约会出去了，回来时很晚，听差说他又来过，适遇我们夫妇刚走，他自己坐了一会儿，喝了一壶茶，在桌上写了些字便走了。我到桌上一看——

“定明早六时飞行，此去存亡不卜……”我怔住了，心中一阵不痛快，却忙给他一个电话。

“你放心。”他说，“很稳当的，我还要留着生命看更伟大的事迹呢，哪能便死？……”

话虽是这样说，他却是已经死了整两周了！现在这事实一天比一天更结实，更固定，更不容否认。志摩是死了，这个简单残酷的事实不断添上时间的色彩，一周，两周，一直地增长下去……

我不该在这里语无伦次的尽管呻吟我们做朋友的悲哀情绪。归根说，读者抱着我们文字看，也就是像志摩的请柏雷一样，要从我们口里再听到关于志摩的一些事。这个我明白，只怕我不能使你们满意，因为关于他的事，动听的，使青年人知道这里有个不可多得的人格存在的，实在太多，决不是几千字可以表达得完的。谁也得承认像他这样的一个人世间便不轻易有几个的，无论在中国或是外国。

我认得他，今年整十年，那时候他在伦敦经济学院，尚未去康桥。我初次遇到他，也就是他初次认识到影响他迁学的狄更生先生。不用说他和我父亲最谈得来，虽然他们年岁上差别不算少，一见面之后便互相引为知己。他到康桥之后由狄更生介绍进了皇家学院，当时和他同学的有我姊丈温君源宁。一直到最近两个月中源宁还常在说他当时的许多笑话，虽然说是笑话，那也是他对志摩最早的一个惊异的印象。志摩认真的诗情，绝不含有任何矫伪，他那种痴，那种孩子似的天真实能令人惊讶。源宁说，有一天他在校舍里读书，外边下起了倾盆大雨——唯是英伦那样的岛国才有的狂雨——忽然他听到有人猛敲他的房门，外边跳进一个被雨水淋得全湿的客人。不用说他便是志摩，一进门一把扯着源宁向外跑，说快来我们到桥上去等着。这一来把源宁怔住了，他问志摩等什么在这大雨里。志摩睁大了眼睛，孩子似的高兴地说"看雨后的虹去"。源宁不只说他不去，并且劝志摩趁早将湿透的衣服换下，再穿上雨衣出去，英国的湿气岂是儿戏，而志摩不等他说完，一溜烟地自己跑了。

以后我好奇地曾问过志摩这故事的真确，他笑着点头承认这全段故事的真实。我问："那么下文呢，你立在桥上等了多久，看到虹了没有？"他说记不清，但是他居然看到了虹。我诧异地打断他对那虹的描写，问他："你怎么知道准会有虹的？"他得意地笑答我说："完全诗意的信仰！"

"完全诗意的信仰"，我可要在这里哭了！也就是为这"诗意的信仰"他硬要借航空的方便达到他"想飞"的夙愿！"飞机是很稳当的，"他说，"如果要出事那是我的运命！"他真对运命这样完全诗意的信仰！

志摩，我的朋友，死本来也不过是一个新的旅程，我们没有到过的，不免过分地怀疑，死不定就比这生苦，"我们不能轻易断定那一边没有阳光与人情的温慰"，但是我前边说过最难堪的是这永远的静寂。我们生在这没有宗教的时代，对这死实在太没有把握了。这以后许多思念你的日子，怕要全是昏暗的苦楚，不会有一点点光明，除非我也有你那美丽的诗意的信仰！

我个人的悲绪不时地来扰乱我对他生前许多清晰的回忆。

诗人的志摩用不着我来多说，他那许多诗文便是估价他的天平。我们新诗的历史才是这样的短，恐怕他的判断人尚在我们儿孙辈的中间。我要谈的是诗人之外的志摩。人家说志摩的为人只是不经意的浪漫，志摩的诗全是抒情诗，这断语从不认识他的人听来可以说很公平，从他朋友们看来实在是对不起他。志摩是个很古怪的人，浪漫固然，但他人格里最精华的却是他对人的同情、和蔼和优容没有一个人他对他不和蔼；没有一种人，他不能优容；没有一种的情感，他绝对地不能表同情。我不说了解，因为不是许多人爱说志摩最不解人情吗？我说他的特点也就在这上头。

我们寻常人就爱说了解；能了解的我们便同情，不了解的我们便很落寞乃至于酷刻。表同情于我们能了解的，我们以为很适当；不表同情于我们不能了解的，我们也认为很公平。志摩则不然，了解与不了解，他并没有过分地夸张，他只知道温存、和平、体贴，只要他知道有情感的存在，无论出自何人，在何等情况下，他理智上认为适当与否，他全能表几分同情，而且他真能体会原谅他人与他自己的不相同处。他从不会刻薄地单支出严格的、迫仄的、道德的天平指摘凡是与他不同的人。他这样的温和，这样的优容，真能使许多人惭愧，我可以忠实地说，至少他要比我们多数的人伟大许多。他觉得人类各种的情感动作全有它不同的、价值放大了的人类的眼光，同情是不该只限于我们划定的范围内。他是对的，朋友们，归根说，我们能够懂得几个人，了解几桩事，几种情感？哪一桩事，哪一个人没有多面的看法！为此说来志摩的朋友之多，不是个可怪的事。凡是认得他的人不论深浅对他全有特殊的感情，也是极为自然的结果。而反过来看他自己在他一生的过程中却是很少得到同情的。不止如此，他还曾为他的一点理想的愚诚几次几乎不见容于社会。但是他却未曾为这个鄙吝他给他人的同情心，他的性情，不曾为受了刺激而转变刻薄暴戾过，谁能不承认他几有超人的宽量。志摩的最动人的特点，是他那不可信的纯净的天真，对他的理想的愚诚，对艺术欣赏的认真，体会情感的切实，全是难能可贵到极点。他站在雨中等虹，他甘冒社会的大不韪争他的恋爱自由；他坐曲折的火车到乡间去拜哈代；他抛弃博士一类的引诱卷了书包到英国，只为要拜罗素做老师；他为了一种特异的境遇，一时特异的感动，从此在生命途中冒险，从此抛弃所有的旧业，只是尝试写几行新诗——这几年新诗尝试的运命并不太令人踊跃，冷嘲热骂只是家常便饭——他常能走几里路去采几茎花，费许多周折去看一个朋友说两句话。这些，还有许多，都不是我们寻常能够轻易了解的神秘。我说神秘，其实竟许是傻，是痴！事实上他只是比我们认真，虔诚到傻气，到痴！他愉快起来他的快乐的翅膀可以碰得到天；他忧伤起来，他的悲戚是深得没有底的。寻常评价的衡量在他手里失了效用，利害轻重他自有他的看法，纯是艺术的情感，完全脱离寻常的原则，所以往常人常听到朋友们说到他总爱带着嗟叹的口吻说："那是志摩，你又有什么法子！"他真的是个怪人吗？朋友们，不，一点都不是，他只是比我们近情，比我们热诚，比我们天真，比我们对万物都更有信仰，对神，对人，对灵，对自然，对艺术！

朋友们我们失掉的不止是一个朋友，一个诗人，我们丢掉的是个极难得可爱的人格。

至于他的作品全是抒情的吗？他的兴趣只限于情感吗？更是不对。志摩的兴趣是极广泛的。他始终极喜欢天文，他对天上星宿的名字和部位就认得很多，最喜暑夜观星，好几次他坐火车都是带着关于宇宙的科学的书。他曾经翻译过爱因斯坦的相对论，并且在一九二二年便写过一篇关于相对论的东西登在《民铎》杂志上。他常向思成说笑："任公先生的相对论的知识还是从我徐君志摩大作上得来的呢。因为他说他看过许多关于爱因斯坦的哲学都未曾看懂，看到志摩的那篇才懂了。"今夏我在香山养病，他常来闲谈，有一天谈到他幼年上学的经过和美国克莱克大学两年学经济学的景况，我们不禁对笑了半天，后来他在他的《猛虎集》的"序"里也说了那么一段。可是奇怪的是他不像许多天才，幼年里上学，不是不及格，便是被斥退。他是常得优等的，听说有一次康乃尔暑校里一个极严的经济教授还写了信去克莱克大学教授那里恭维他的学生，关于一门很难的功课。我不是为志摩在这里夸张，因为事实上只有为了这桩事，今夏志摩自己便笑得不亦乐乎！

此外，他的兴趣对于戏剧、绘画都极深浓，戏剧不用说，与诗文是那么接近，他领略绘画的天才也颇为可观，后期印象派的几个画家，他都有极精密的爱恶，对于文艺复兴时代那几位，他也很熟悉，他最爱鲍蒂切利[1]和达文骞[2]。自然他也常承认文人喜画常是间接地受了别人论文的影响，而他就受了法兰（Roger Fry）和斐德（Walter Pater）的不少。对于建筑审美他常常对思成和我道歉说："太对不起，我的建筑常识全是Ruskins那一套。"他知道我们是讨厌Ruskins的。但是为看一个古建的残址，一块石刻，他比任何人都热心，都更能静心领略。

他喜欢色彩，虽然他自己不会作画，暑假里他曾从杭州给我几封信，他自己叫它们做"描写的水彩画"。他用英文极细致地写出西边桑田的颜色，每一分嫩绿，每一色鹅黄，他都仔细地观察到。又有一次他望着我园里一带断墙半晌不语，过后他告诉我说，他正在默默体会，想要描写那墙上向晚的艳阳和刚刚入秋的藤萝。

对于音乐，中西的他都爱好，不只爱好，他那种热心便唤醒过北京一次——也许唯一的一次——对音乐的注意。谁也忘不了那一年，克拉斯拉到北京在"真光"拉一个多钟头的提琴。对旧剧他也得算"在行"，他最后在北京那几天我们曾接连地同去听好几出戏。回家时我们讨论得热闹，比任何剧评都诚恳都起劲。

谁相信这样的一个人，这样忠实于"生"的一个人，会这样早地永远地离开我们另投一个世界，永远地静寂下去，不再透些许声息！

我不敢再往下写，志摩若是有灵听到比他年轻许多的一个小朋友拿着老声老气的语调谈到他的为人不觉得不快吗？这里我又来个极难

---

① 今译波提切利（1445—1510），文艺复兴时期佛罗伦萨画家。

② 今译达·芬奇（1452—1519），文艺复兴时期意大利画家。

堪的回忆，那一年他在这同一个的报纸上写了那篇伤我父亲惨故的文章，这梦幻似的人生转了几个弯，曾几何时，却轮到我在这风紧夜深里握吊他的惨变。这是什么人生？什么风涛？什么道路？志摩，你这最后的解脱未尝不是幸福，不是聪明，我该当羡慕你才是。

“幽默”的危险

老舍 / 文

幽默的人，据说，会郑重地去思索，而不会郑重地写出来。

这里所说的危险，不是“幽默”足以祸国殃民的那一套。最容易利用的幽默技巧是摆弄文字，“岂有此理”代替了“岂有此理”，“莫名其妙”会变成了“莫名其土地堂”；还有什么故意把字用在错地方，或有趣地写个白字，或将成语颠倒过来用，或把诗句改换上一两个字，或巧弄双关语……都是想在文字里找出缝子，使人开开心，露露自家的聪明。这种手段并不怎么大逆不道，不过它显然的是专在字面上用工夫，所以往往有些油腔滑调；而油腔滑调正是一般人所谓的“幽默”，也就是正人君子所以为理当诛伐的。这个，可也不是这里所要说的。

假若“幽默”也会有等级的话，摆弄文字是初级的，浮浅的；它的确抓到了引人发笑的方法，可是工夫都放在调动文字上，并没有更深的意义，油腔滑调乃必不可免。这种方法若使得巧妙一些，便可以把很不好开口说的事说得文雅一些，“雀入大水化为蛤”一变成“雀入大蛤化为水”仿佛就在一群老翰林面前也大可以讲讲的。虽然这种办法不永远与狎亵相通，可是要把狎亵弄成雅俗共赏，这的确是个好方法。这就该说到狎亵了：我们花钱去听相声，去听小曲；我们当正经话已说完而不便都正襟危坐的时候，不知怎么便说起不大好意思的笑话来了。相声，小曲，和不大好意思的笑话，都是整批地贩卖狎亵，而大家也觉得“幽默”了一下。在幽默的文艺里，如Aristophanes[①]，如Rabelais[②]，如Boccaccio[③]，都大大方方地写出后人得用××印出来的事儿。据批评家看呢，有的以为这种粗莽爽利的写法适足以表示出写家的大方不拘，无论怎样也比那扭扭捏捏的暗示强，暗透消息是最不健康的。（或者《西厢记》与《红楼梦》比《金瓶梅》更能害人吧？）有的可就说，这种粗糙的东西，也该划入低级幽默，实无足取。这个，且当个悬案放在这里，它有无危险，是高是低，随它去吧；这又不是这里所要说的。

来到正文。我所要说的，是我自己体验出的一点道理：幽默的人，据说，会郑重地去思索，而不会郑重地写出来；他老要嘻嘻哈哈。假若这是真的，幽默写家便只能写实，而不能浪漫。不能浪漫，在这里高谈意识正确，与希望革命一下就成功的时期，便颇糟心。那意识正确的战士，因为希望革命一下子成功，会把英雄真写成个英雄，从里到外都白热化，一点也不含糊，像块精金。一个幽默的人，反之，从整部人类史中，从全世界上，找不出这么块精金来；他若看见一位战士为督战而踢了同志两脚，似乎便有点可笑；一笑可就泄了气。幽默真是要不得的！

---

① 阿里斯托芬（约前448—前380），古希腊戏剧作家。

② 拉伯雷（1494—1553），法国作家。

③ 薄伽丘（1313—1375），意大利作家。

浪漫的人会悲观，也会乐观；幽默的人只会悲观，因为他最后的领悟是人生的矛盾——想用七尺之躯，战胜一切，结果却只躺在不很体面的木匣里，像颗大谷粒似的埋在地下。他真爱人爱物，可是人生这笔大账，他算得也特别清楚。笑吧，明天你死。于是，他有点像小孩似的，明知顽皮就得挨打，可是还不能不顽皮。因此，他有时候可爱，有时候讨人嫌；在革命期间，他总是讨人嫌的，以至被正人君子与战士视如眼中钉，非砍了头不解气。多么危险。

顽皮，他可是不会扯谎。他怎么笑别人也怎么笑自己。Rabelais①，当惹起教会的厌恶而想架火烧死他的时候，说："不用再添火了，我已经够热的了。他爱生命，不肯以身殉道，也就这么不折不扣地说出来。"周作人（知堂）先生的博学，谁不知道呢，可是在《秉烛谈序言》中，他说："今日翻看唱经堂杜诗解——说也惭愧，我不曾读过《全唐诗》，唐人专集在书架上是有数十部，却都没有好好地看过，所有一点知识只出于选本，而且又不是什么好本子，实在无非是《唐诗三百首》之类，唱经之不登大雅之堂，更不用说了，但这正是事实……"在周先生的文章里，像这样的坦白陈述，还有许许多多。一个有幽默之感的人总扭不过去"这是事实"，他不会鼓着腮充胖子。大概是那位鬼气森森的爱兰·坡②吧，专爱引证些拉丁或法文的句子，其实他并没读过原书，而是看到别人引证，他便偷偷地拉过来，充充胖子。这并不是说，浪漫者都不诚实，不过他把自己一滴眼泪都视

---

① 拉伯雷（1494—1553），法国作家。

② 今译爱伦·坡（1809—1849），美国作家、文艺评论家。

如珍宝，那么，假充胖子也许是不可免的，他唯恐泄了气。幽默的人呢，不，不这样，他不怕泄气，只求心中好过。这么一来，他可能就被人视为小丑，永远欠着点严重，不懂得什么叫激起革命情绪。危险。

他悲观，他顽皮，他诚实；哼，他还容让人呢，这就更糟。按说，一个文人应当老眼看六路，耳听八方，有个风吹草动，立刻拔出笔来，才像那么一回子事。战斗的时候，还应当撒手就是一毒气弹，不容来将通名，就给打闷了气。人家只说了他写错一个字，他马上发现那个人的祖宗写过一万个错字，骂了祖宗，子孙只好去重修家谱，还不出话来。幽默的人呀，糟心，即使他没写错那个字，也不去辩驳。“谁没有个错儿呢？”他说。这一说可就泄了大家的劲，而文坛冷冷清清矣。他不但这样容让人，就是在作品之中也是不肯赶尽杀绝。他看清了革命是怎回事，但对于某战士的鼻孔朝天，总免不了发笑。他也看资本家该打倒，可是资本家的胡子若是好看，到底还是好看。这么一来，他便动了布尔乔亚的妇人之仁，而笔下未免留些情分。于是，他自己也就该被打倒，多么危险呢。

这就是我所看出来的一点点意思，对不对都没关系。

原载一九三七年五月十六日《宇宙风》第四十一期

又是一年芳草绿

老舍/文

悲观有一样好处，它能叫人把事情都看轻了一些。

悲观有一样好处，它能叫人把事情都看轻了一些。这个可也就是我的坏处，它不起劲，不积极。您看我挺爱笑不是？因为我悲观。悲观，所以我不能板起面孔，大喊：“孤——刘备！”我不能这样。一想到这样，我就要把自己笑毛咕了。看着别人吹胡子瞪眼睛，我从脊梁沟上发麻，非笑不可。

我笑别人，因为我看不起自己。别人笑我，我觉得应该；说得天好，我不过是脸上平润一点的猴子。我笑别人，往往招人不愿意；不是别人的量小，而是不像我这样稀松，这样悲观。

我打不起精神去积极地干，这是我的大毛病。可是我不懒，凡是我该做的我总想把它做了，总算得点报酬养活自己与家里的人——往好了说，尽我的本分。我的悲观还没到想自杀的程度，不能不找点事做。有朝一日非死不可呢，那只好死喽，我有什么法儿呢？

这样，你瞧，我是无大志的人。我不想当皇上。最乐观的人才敢做皇上，我没这份胆气。

有人说我很幽默，不敢当。我不懂什么是幽默。假如一定问我，我只能说我觉得自己可笑，别人也可笑；我不比别人高，别人也不比我高。谁都有缺欠，谁都有可笑的地方。我跟谁都说得来，可是他得愿意跟我说；他一定说他是圣人，叫我三跪九叩报门而进，我没这个瘾。我不教训别人，也不听别人的教训。幽默，据我这么想，不是嬉皮笑脸，死不要鼻子。

也不是怎股子劲儿，我成了个写家。我的朋友德成粮店的写账先生也是写家，我跟他同等，并且管他叫二哥。既是个写家，当然得写了。“风格即人”——还是“风格即驴”？——我是怎个人自然写怎样的文章了。于是有人管我叫幽默的写家。我不以这为荣，也不以这为辱。我写我的。卖得出去呢，多得个三块五块的，买什么吃不香呢。卖不出去呢，拉倒，我早知道指着写文章吃饭是不易的事。

稿子寄出去，有时候是肉包子打狗，一去不回头；连个回信也没有。这，咱只好幽默；多咱见着那个骗子再说，见着他，大概我们俩总有一个笑着去见阎王的。不过，这是不很多见的，要不怎么我还没想自杀呢。常见的事是这个，稿子登出去，酬金就睡着了，睡得还是挺香甜。直到我也睡着了，它忽然来了，仿佛故意吓人玩。数目也惊人，它能使我觉得自己不过值一毛五一斤，比猪肉还便宜呢。

这个咱也不说什么，国难期间，大家都得受点苦，人家开铺子的也不容易，掌柜的吃肉，给咱点汤喝，就得念佛。是的，我是不能当皇上，焚书坑掌柜的，咱没那个狠心，你看这个劲儿！不过，有人想坑他们呢，我也不便拦着。

这么一来，可就有许多人看不起我。连好朋友都说：“伙计，你也硬正着点，说你是为人类而写作，说你是中国的高尔基；你太泄气了！”真的，我是泄气，我看高尔基的胡子可笑。他老人家那股子自卖自夸的劲儿，打死我也学不来。

人类要等着我写文章才变体面了，那恐怕太晚了吧？我老觉得文学是有用的；拉长了说，它比任何东西都有用，都高明。可是往眼前说，它不如一尊高射炮，或一锅饭有用。我不能吆喝我的作品是“人类改造丸”，我也不相信把文学杀死便天下太平。我写就是了。

别人的批评呢？批评是有益处的。我爱批评，它多少给我点益处；即使完全不对，不是还让我笑一笑吗？自己写的时候仿佛是蒸馒头呢，热气腾腾，莫名其妙。及至冷眼人一看，一定看出许多错儿来。我感谢这种指摘。说得不对呢，那是他的错儿，不干我的事。我永不驳辩，这似乎是胆儿小；可是也许是我的宽宏大量。我不便往自己脸上贴金。一件事总得由两面瞧，是不是？

对于我自己的作品，我不拿她们当作宝贝。是呀，当写作的时候，我是卖了力气，我想往好了写。可是一个人的天才与经验是有限的，谁也不敢保了老写得好，连荷马也有打盹的时候。有的人呢，每一拿笔便想到自己是但丁，是莎士比亚。这没有什么不可以的，天才须有自信的心。

我可不敢这样，我的悲观使我看轻自己。我常想客观地估量估量自己的才力；这不易做到，我究竟不能像别人看我看得那样清楚；好吧，既不能十分看清楚了自己，也就不用装蒜，谦虚是必要的，可是装蒜也大可以不必。

对做人，我也是这样。我不希望自己是个完人，也不故意地招人家的骂。该求朋友的呢，就求；该给朋友做的呢，就做。做得好不好，咱们大家凭良心。所以我很和气，见着谁都能扯一套。可是，初次见面的人，我可是不大爱说话；特别是见着女人，我简直张不开口，我怕说错了话。

在家里，我倒不十分怕太太，可是对别的女人老觉着恐慌，我不大明白妇女的心理；要是信口开河地说，我不定说出什么来呢，而妇女又爱挑眼。男人也有许多爱挑眼的，所以初次见面，我不大愿开口。我最喜辩论，因为红着脖子粗着筋的太不幽默。我最不喜欢好吹腾的人，可并不拒绝与这样的人谈话；我不爱这样的人，但喜欢听他的吹。最好是听着他吹，吹着吹着连他自己也忘了吹到什么地方去，那才有趣。

可喜的是有好几位生朋友都这么说："没见着阁下的时候，总以为阁下有八十多岁了。敢情阁下并不老。"是的，虽然将奔四十的人，我倒还不老。因为对事轻淡，我心中不大藏着计划，做事也无须要手段，所以我能笑，爱笑；天真的笑多少显着年轻一些。我悲观，但是不愿老声老气的悲观，那近乎"虎事"。我愿意老年轻轻的，死的时候像朵春花将残似的那样哀而不伤。我就怕什么"权威"咧，"大家"咧，"大师"咧，等等老气横秋的字眼们。

我爱小孩、花草、小猫、小狗、小鱼；这些都不"虎事"。偶尔看见个穿小马褂的"小大人"，我能难受半天，特别是那种所谓聪明的孩子，让我难过。比如说，一群小孩都在那儿看变戏法儿，我也在那儿，单会有那么一两个七八岁的小老头说："这都是假的！"这叫我立刻走开，心里堵上一大块。世界确是更"文明"了，小孩也懂事懂得早了，可是我还愿意大家傻一点，特别是小孩。假若小猫刚生下来就会捕鼠，我就不再养猫，虽然它也许是个神猫。

我不大爱说自己，这多少近乎“吹”。人是不容易看清楚自己的。不过，刚过完了年，心中还慌着，叫我写“人生于世”，实在写不出，所以就近地拿自己当材料。万一将来我不得已而做了皇上呢，这篇东西也许成为史料，等着瞧吧。

载一九三五年三月六日《益世报》

“这也是生活”

鲁迅/文

外面的进行着的夜，无穷的远方，无数的人们，都和我有关。

这也是病中的事情。

有一些事，健康者或病人是不觉得的，也许遇不到，也许太微细。到得大病初愈，就会经验到；在我，则疲劳之可怕和休息之舒适，就是两个好例子。我先前往往自负，从来不知道所谓疲劳。书桌面前有一把圆椅，坐着写字或用心的看书，是工作；旁边有一把藤躺椅，靠着谈天或随意的看报，便是休息；觉得两者并无很大的不同，而且往往以此自负。现在才知道是不对的，所以并无大不同者，乃是因为并未疲劳，也就是并未出力工作的缘故。

我有一个亲戚的孩子，高中毕了业，却只好到袜厂里去做学徒，心情已经很不快活的了，而工作又很繁重，几乎一年到头，并无休息。他是好高的，不肯偷懒，支持了一年多。有一天，忽然坐倒了，对他的哥哥道：“我一点力气也没有了。”

他从此就站不起来，送回家里，躺着，不想饮食，不想动弹，不想言语，请了耶稣教堂的医生来看，说是全体什么病也没有，然而全体都疲乏了。也没有什么法子治。自然，连接而来的是静静的死。我也曾经有过两天这样的情形，但原因不同，他是做乏，我是病乏的。

我的确什么欲望也没有，似乎一切都和我不相干，所有举动都是多事，我没有想到死，但也没有觉得生；这就是所谓“无欲望状态”，是死亡的第一步。曾有爱我者因此暗中下泪；然而我有转机了，我要喝一点汤水，我有时也看看四近的东西，如墙壁，苍蝇之类，此后才能觉得疲劳，才需要休息。

象心纵意的躺倒，四肢一伸，大声打一个呵欠，又将全体放在适宜的位置上，然后弛懈了一切用力之点，这真是一种大享乐。在我是从来未曾享受过的。我想，强壮的，或者有福的人，恐怕也未曾享受过。

记得前年，也在病后，做了一篇《病后杂谈》，共五节，投给《文学》，但后四节无法发表，印出来只剩了头一节了。虽然文章前面明明有一个“一”字，此后突然而止，并无“二”“三”，仔细一想是就会觉得古怪的，但这不能要求于每一位读者，甚而至于不能希望于批评家。于是有人据这一节，下我断语道：“鲁迅是赞成生病的。”现在也许暂免这种灾难了，但我还不如先在这里声明一下：“我的话到这里还没有完。”

有了转机之后四五天的夜里，我醒来了，喊醒了广平。

“给我喝一点水。并且去开开电灯，给我看来看去的看一下。”

“为什么？……”她的声音有些惊慌，大约是以为我在讲昏话。

“因为我要过活。你懂得么？这也是生活呀。我要看来看去的看一下。”

“哦……”她走起来，给我喝了几口茶，徘徊了一下，又轻轻的躺下了，不去开电灯。

我知道她没有懂得我的话。

街灯的光穿窗而入，屋子里显出微明，我大略一看，熟识的墙壁，壁端的棱线，熟识的书堆，堆边的未订的画集，外面的进行着的夜，无穷的远方，无数的人们，都和我有关。我存在着，我在生活，我将生活下去，我开始觉得自己更切实了，我有动作的欲望——但不久我又坠入了睡眠。

第二天早晨在日光中一看，果然，熟识的墙壁，熟识的书堆……这些，在平时，我也时常看它们的，其实是算作一种休息。但我们一向轻视这等事，纵使也是生活中的一片，却排在喝茶搔痒之下，或者简直不算一回事。我们所注意的是特别的精华，毫不在枝叶。给名人作传的人，也大抵一味铺张其特点，李白怎样做诗，怎样耍颠，拿破仑怎样打仗，怎样不睡觉，却不说他们怎样不耍颠，要睡觉。其实，一生中专门耍颠或不睡觉，是一定活不下去的，人之有时能耍颠和不睡觉，就因为倒是有时不耍颠和也睡觉的缘故。然而人们以为这些平凡的都是生活的渣滓，一看也不看。

于是所见的人或事，就如盲人摸象，摸着了脚，即以为象的样子像柱子。中国古人，常欲得其“全”，就是制妇女用的“乌鸡白凤丸”，也将全鸡连毛血都收在丸药里，方法固然可笑，主意却是不错的。

删夷枝叶的人，决定得不到花果。

为了不给我开电灯，我对于广平很不满，见人即加以攻击；到得自己能走动了，就去一翻她所看的刊物，果然，在我卧病期中，全是精华的刊物已经出得不少了，有些东西，后面虽然仍旧是“美容妙法”“古木发光”，或者“尼姑之秘密”，但第一面却总有一点激昂慷慨的文章。作文已经有了“最中心之主题”：连义和拳时代和德国统帅瓦德西睡了一些时候的赛金花，也早已封为九天护国娘娘了。

尤可惊服的是先前用《御香缥缈录》，把清朝的宫廷讲得津津有味的《申报》上的《春秋》，也已经时而大有不同，有一天竟在卷端的《点滴》里，教人当吃西瓜时，也该想到我们土地的被割碎，像这西瓜一样。自然，这是无时无地无事而不爱国，无可訾议的。但倘使我一面这样想，一面吃西瓜，我恐怕一定咽不下去，即使用劲咽下，也难免不能消化，在肚子里咕咚的响它好半天。这也未必是因为我病后神经衰弱的缘故。我想，倘若用西瓜作比，讲过国耻讲义，却立刻又会高高兴兴的把这西瓜吃下，成为血肉的营养的人，这人恐怕是有些麻木。对他无论讲什么讲义，都是毫无功效的。

我没有当过义勇军，说不确切。但自己问：战士如吃西瓜，是否大抵有一面吃，一面想的仪式的呢？我想：未必有的。他大概只觉得口渴，要吃，味道好，却并不想到此外任何好听的大道理。吃过西瓜，精神一振，战斗起来就和喉干舌敝时候不同，所以吃西瓜和抗敌的确有关系，但和应该怎样想的上海设定的战略，却是不相干。这样整天哭丧着脸去吃喝，不多久，胃口就倒了，还抗什么敌。

然而人往往喜欢说得稀奇古怪，连一个西瓜也不肯主张平平常常的吃下去。其实，战士的日常生活，是并不全部可歌可泣的，然而又无不和可歌可泣之部相关联，这才是实际上的战士。

八月二十三日

名人和名言

鲁迅/文

德国的细胞病理学家维尔晓（Virchow）[1]，是医学界的泰斗然而他那被教徒所利用的几回讲演，很给了大众不少坏影响。

《太白》二卷七期上有一篇南山先生的《保守文言的第三道策》，他举出：第一道是说“要做白话由于文言做不通”，第二道是说“要白话做好，先须文言弄通”。十年之后，才来了太炎先生的第三道，“他以为你们说文言难，白话更难。理由是现在的口头语，有许多是古语，非深通小学就不知道现在口头语的某音，就是古代的某音，不知道就是古代的某字，就要写错……”

太炎先生的话是极不错的。现在的口头语，并非一朝一夕，从天而降的语言，里面当然有许多是古语，既有古语，当然会有许多曾见于古书，如果做白话的人，要每字都到《说文解字》里去找本字，那的确比做任用借字的文言要难到不知多少倍。然而自从提倡白话以来，主张者却没有一个以为写白话的主旨，是在从“小学”里寻出本字来的，我们就用约定俗成的借字。诚然，如太炎先生说：“乍见熟人而相寒暄曰‘好呀’，‘呀’即‘乎’字；应人之称曰‘是唉’，

---

① 今译微耳和（1821—1902），德国病理学家。

‘唉’即‘也’字。”但我们即使知道了这两字，也不用“好乎”或“是也”，还是用“好呀”或“是唉”。因为白话是写给现代的人们看，并非写给商周秦汉的鬼看的，起古人于地下，看了不懂，我们也毫不畏缩。所以太炎先生的第三道策，其实是文不对题的。这缘故，是因为先生把他所专长的小学，用得范围太广了。

我们的知识很有限，谁都愿意听听名人的指点，但这时就来了一个问题：听博识家的话好，还是听专门家的话好呢？解答似乎很容易：都好。自然都好；但我由历听了两家的种种指点以后，却觉得必须有相当的警戒。因为是：博识家的话多浅，专门家的话多悖的。

博识家的话多浅，意义自明，唯专门家的话多悖的事，还得加一点申说。他们的悖，未必悖在讲述他们的专门，是悖在倚专家之名，来论他所专门以外的事。社会上崇敬名人，于是以为名人的话就是名言，却忘记了他之所以得名是那一种学问或事业。名人被崇奉所诱惑，也忘记了自己之所以得名是那一种学问或事业，渐以为一切无不胜人，无所不谈，于是乎就悖起来了。其实，专门家除了他的专长之外，许多见识是往往不及博识家或常识者的。太炎先生是革命的先觉，小学的大师，倘谈文献，讲《说文》，当然娓娓可听，但一到攻击现在的白话，便牛头不对马嘴，即其一例。还有江亢虎博士，是先前以讲社会主义出名的名人，他的社会主义到底怎么样呢，我不知道。只是今年忘其所以，谈到小学，说“‘德’之古字为‘悳’，从‘直’从‘心’，‘悳’即直觉之意”，却真不知道悖到那里去了，他竟连那上半并不是曲直的直字这一点都不明白。这种解释，却须听太炎先生了。

不过在社会上，大概总以为名人的话就是名言，既是名人，也就无所不通，无所不晓。所以译一本欧洲史，就请英国话说得漂亮的名人校阅，编一本经济学，又乞古文做得好的名人题签；学界的名人绍介医生，说他“术擅岐黄”，商界的名人称赞画家，说他“精研六法”……这也是一种现在的通病。德国的细胞病理学家维尔晓（Virchow），是医学界的泰斗，举国皆知的名人，在医学史上的位置，是极为重要的，然而他不相信进化论，他那被教徒所利用的几回讲演，据赫克尔（Haeckel）[①]说，很给了大众不少坏影响。因为他学问很深，名甚大，于是自视甚高，以为他所不解的，此后也无人能解，又不深研进化论，便一口归功于上帝了。现在中国屡经绍介的法国昆虫学大家法布耳（Fabre）[②]，也颇有这倾向。他的著作还有两种缺点：一是嗤笑解剖学家，二是用人类道德于昆虫界。但倘无解剖，就不能有他那样精到的观察，因为观察的基础，也还是解剖学；农学者根据对于人类的利害，分昆虫为益虫和害虫，是有理可说的，但凭了当时的人类的道德和法律，定昆虫为善虫或坏虫，却是多馀了。有些严正的科学者，对于法布耳的有微词，实也并非无故。但倘若对这两点先加警戒，那么，他的大著作《昆虫记》十卷，读起来也还是一部很有趣，也很有益的书。

不过名人的流毒，在中国却较为利害，这还是科举的馀波。那时候，儒生在私塾里揣摩高头讲章，和天下国家何涉，但一登第，真是

---

① 今译海克尔（1834—1919），德国生物学家。

② 今译法布尔（1823—1915），法国昆虫学家。

“一举成名天下知”，他可以修史，可以衡文，可以临民，可以治河；到清朝之末，更可以办学校，开煤矿，练新军，造战舰，条陈新政，出洋考察了。成绩如何呢，不待我多说。

这病根至今还没有除，一成名人，便有“满天飞”之概。我想，自此以后，我们是应该将“名人的话”和“名言”分开来的，名人的话并不都是名言；许多名言，倒出自田夫野老之口。这也就是说，我们应该分别名人之所以名，是由于那一门，而对于他的专门以外的纵谈，却加以警戒。苏州的学子是聪明的，他们请太炎先生讲国学，却不请他讲簿记学或步兵操典——可惜人们却又不肯想得更细一点了。

我很自歉这回时时涉及了太炎先生。但“智者千虑，必有一失”，这大约也无伤于先生的“日月之明”的。至于我的所说，可是我想，“愚者千虑，必有一得”，盖亦“悬诸日月而不刊”之论也。

七月一日

回忆李叔同先生

丰子恺 / 文

两根藤之间，也许有小虫伏着……摇动一下，慢慢地坐下去，好让它们走避。

距今二十九年前，我十七岁的时候，最初在杭州的浙江省立第一师范学校里见到李叔同先生，即后来的弘一法师。那时我是预科生，他是我们的音乐教师。我们上他的音乐课时，有一种特殊的感觉：严肃。摇过预备铃，我们走向音乐教室，推进门去，先吃一惊：李先生早已端坐在讲台上。以为先生总要迟到而嘴里随便唱着、喊着，或笑着、骂着而推进门去的同学，吃惊更是不小。他们的唱声、喊声、笑声、骂声以门槛为界线而忽然消灭。接着是低着头，红着脸，去端坐在自己的位子里。端坐在自己的位子里偷偷地仰起头来看看，看见李先生的高高的瘦削的上半身穿着整洁的黑布马褂，露出在讲桌上，宽广得可以走马的前额，细长的凤眼，隆正的鼻梁，形成威严的表情。扁平而阔的嘴唇两端常有深涡，显示和蔼的表情。这副相貌，用“温而厉”三个字来描写，大概差不多了。讲桌上放着点名簿、讲义，以及他的教课笔记簿、粉笔。钢琴衣解开着，琴盖开着，谱表摆着，琴头上又放着一只时表，闪闪的金光直射到我们的眼中。黑板（是上下两块可以推动的）上早已清楚地写好本课内所应写的东西（两块都写好，上块盖着下块，用下块时把上块推开）。在这样布置的讲台上，李先生端坐着。坐到上课铃响出（后来我们知道他这脾气，上音乐课必早到。故上课铃响时，同学早已到齐），他站起身来，深深地一鞠躬，课就开始了。这样地上课，空气严肃得很。

有一个人上音乐课时不唱歌而看别的书，有一个人上音乐课时吐痰在地板上，以为李先生看不见的，其实他都知道。但他不立刻责备，等到下课后，他用很轻而严肃的声音郑重地说："某某等一等出去。"于是这位某某同学只得站着。等到别的同学都出去了，他又用轻而严肃的声音向这某某同学和气地说："下次上课时不要看别的书。"或者："下次痰不要吐在地板上。"说过之后他微微一鞠躬，表示"你出去吧"。出来的人大都脸上发红。又有一次下音乐课，最后出去的人无心把门一拉，碰得太重，发出很大的声音。他走了数十步之后，李先生走出门来，满面和气地叫他转来。等他到了，李先生又叫他进教室来。进了教室，李先生用很轻而严肃的声音向他和气地说："下次走出教室，轻轻地关门。"就对他一鞠躬，送他出门，自己轻轻地把门关了。最不易忘却的，是有一次上弹琴课的时候。我们是师范生，每人都要学弹琴，全校有五六十架风琴及两架钢琴。风琴每室两架，给学生练习用；钢琴一架放在唱歌教室里，一架放在弹琴教室里。上弹琴课时，十数人为一组，环立在琴旁，看李先生范奏。有一次正在范奏的时候，有一个同学放一个屁，没有声音，却是很臭。钢琴及李先生、十数同学全部沉浸在亚莫尼亚气体中。同学大都掩鼻或发出讨厌的声音。李先生眉头一皱，管自弹琴（我想他一定屏息着）。弹到后来，亚莫尼亚气散光了，他的眉头方才舒展。教完以后，下课铃响了。李先生立起来一鞠躬，表示散课。散课以后，同学还未出门，李先生又郑重地宣告："大家等一等去，还有一句话。"大家又肃立了。李先生又用很轻而严肃的声音和气地说："以后放屁，到门外去，不要放在室内。"接着又一鞠躬，表示叫我们出去。同学都忍着笑，一出门来，大家快跑，跑到远处去大笑一顿。

李先生用这样的态度来教我们音乐，因此我们上音乐课时，觉得比上其他一切课更严肃。同时对于音乐教师李叔同先生，比对其他教师更敬仰。那时的学校，首重的是所谓"英、国、算"，即英文、国文和算学。在别的学校里，这三门功课的教师最有权威；而在我们这师范学校里，音乐教师最有权威，因为他是李叔同先生的缘故。

李叔同先生为什么能有这种权威呢？不仅为了他学问好，不仅为了他音乐好，主要的还是为了他态度认真。李先生一生的最大特点是"认真"。他对于一件事，不做则已，要做就非做得彻底不可。

他出身于富裕之家，他的父亲是天津有名的银行家。他是第五位姨太太所生。他父亲生他时，年已七十二岁。他堕地后就遭父丧，又逢家庭之变，青年时就陪了他的生母南迁上海。在上海南洋公学读书奉母时，他是一个翩翩公子。当时上海文坛有著名的沪学会，李先生应沪学会征文，名字屡列第一。从此他就为沪上名人所器重，而交游日广，终以"才子"驰名于当时的上海。所以后来他母亲死了，他赴日本留学的时候，作一首《金缕曲》，词曰："披发佯狂走。莽中原，暮鸦啼彻，几株衰柳。破碎河山谁收拾？零落西风依旧。便惹得离人消瘦。行矣临流重太息，说相思刻骨双红豆。愁黯黯，浓于酒。漾情不断淞波溜。恨年年絮飘萍泊，遮难回首。二十文章惊海内，毕竟空谈何有！听匣底苍龙狂吼。长夜西风眠不得，度群生那惜心肝剖。是祖国，忍辜负？”读这首词，可想见他当时豪气满胸，爱国热情炽盛。他出家时把过去的照片统统送我，我曾在照片中看见过当时在上海的他：丝绒碗帽，正中缀一方白玉，曲襟背心，花缎袍子，后面挂着胖辫子，底下缎带扎脚管，双梁厚底鞋子，头抬得很高，英俊之气，流露于眉目间。真是当时上海一等的翩翩公子。这是最初表示他的特性：凡事认真。他立意要做翩翩公子，就彻底地做一个翩翩公子。

后来他到日本，看见明治维新的文化，就渴慕西洋文明。他立刻放弃了翩翩公子的态度，改做一个留学生。他入东京美术学校，同时又入音乐学校。这些学校都是模仿西洋的，所教的都是西洋画和西洋音乐。李先生在南洋公学时英文学得很好；到了日本，就买了许多西洋文学书。他出家时曾送我一部残缺的原本《莎士比亚全集》，他对我说："这书我从前细读过，有许多笔记在上面，虽然不全，也是纪念物。"由此可想见他在日本时，对于西洋艺术全面进攻，绘画、音乐、文学、戏剧都研究。后来他在日本创办春柳剧社，纠集留学同志，并演当时西洋著名的悲剧《茶花女》（小仲马著）。他自己把腰束小，扮作茶花女，粉墨登场。这照片，他出家时也送给我，一向归我保藏，直到抗战时为兵火所毁。现在我还记得这照片：卷发，白的上衣，白的长裙拖着地面，腰身小到一把，两手举起托着后头，头向右歪侧，眉峰紧蹙，眼波斜睇，正是茶花女自伤命薄的神情。另外还有许多演剧的照片，不可胜记。这春柳剧社后来迁回中国，李先生就脱出，由另一班人去办，便是中国最初的"话剧"社。由此可以想见，李先生在日本时，是彻头彻尾的一个留学生。我见过他当时的照片：高帽子、硬领、硬袖、燕尾服、史的克[①]、尖头皮鞋，加之长身、高鼻，没有脚的眼镜夹在鼻梁上，竟活像一个西洋人。这是第二次表示他的特性：凡事认真。学一样，像一样。要做留学生，就彻底地做一个留学生。

他回国后，在上海太平洋报社当编辑。不久，就被南京高等师范请去教图画、音乐。后来又应杭州师范之聘，同时兼任两个学校的课，每月中半个月住南京，半个月住杭州。两校都请助教，他不在时由助教代课。我就是杭州师范的学生。这时候，李先生已由留学生变为教师。这一变，变得真彻底：漂亮的洋装不穿了，却换上灰色粗布袍子、黑布马褂、布底鞋子。金丝边眼镜也换了黑的钢丝边眼镜。他是一个修养很深的美术家，所以对于仪表很讲究。虽然布衣，却很称身，常常整洁。他穿布衣，全无穷相，而另具一种朴素的美。你可想见，他是扮过茶花女的，身材生得非常窈窕。穿了布衣，仍是一个美男子。"淡妆浓抹总相宜"，这诗句原是描写西子的，但拿来形容我们的李先生的仪表也很适用。今人侈谈"生活艺术化"，大都好奇立异，非艺术的。李先生的服装，才真可称为生活的艺术化。他一时代的服装，表出着一时代的思想与生活。各时代的思想与生活判然不同，各时代的服装也判然不同。布衣布鞋的李先生，与洋装时代的李先生、曲襟背心时代的李先生，判若三人。这是第三次表示他的特性：认真。

---

① 即stick的英译，即手杖。

我二年级时，图画归李先生教。他教我们木炭石膏模型写生。同学一向描惯临画，起初无从着手。四十余人中，竟没有一个人描得像样的。后来他范画给我们看。画毕把范画揭在黑板上。同学们大都看着黑板临摹。只有我和少数同学，依他的方法从石膏模型写生。我对于写生，从这时候开始发生兴味。我到此时，恍然大悟：那些粉本原是别人看了实物而写生出来的。我们也应该直接从实物写生入手，何必临摹他人，依样画葫芦呢？于是我的画进步起来。此后李先生与我接近的机会更多。因为我常去请他教画，又教日本文，以后的李先生的生活，我所知道得较为详细。他本来常读性理的书，后来忽然信了道教，案头常常放着道藏。那时我还是一个毛头青年，谈不到宗教。李先生除绘事外，并不对我谈道。但我发现他的生活日渐收敛起来，仿佛一个人就要动身赴远方时的模样。他常把自己不用的东西送给我。他的朋友日本画家大野隆德、河合新藏、三宅克己等到西湖来写生时，他带了我去请他们吃一次饭，以后就把这些日本人交给我，叫我引导他们（我当时已能讲普通应酬的日本话）。他自己就关起房门来研究道学。有一天，他决定入大慈山去断食，我有课事，不能陪去，由校工闻玉陪去。数日之后，我去望他。见他躺在床上，面容消瘦，但精神很好，对我讲话，同平时差不多。他断食共十七日，由闻玉扶起来，摄一个影，影片上端由闻玉题字：“李息翁先生断食后之像，侍子闻玉题。”这照片后来制成明信片分送朋友。像的下面用铅字排印着：“某年月日，入大慈山断食十七日，身心灵化，欢乐康强——欣欣道人记。”李先生这时候已由教师一变而为道人了。学道就断食十七日，也是他凡事认真的表示。

但他学道的时候很短。断食以后，不久他就学佛。他自己对我说，他的学佛是受马一浮先生指示的。出家前数日，他同我到西湖玉泉去看一位程中和先生。这程先生原来是当军人的，现在退伍，住在玉泉，正想出家为僧。李先生同他谈得很久。此后不久，我陪大野隆德到玉泉去投宿，看见一个和尚坐着，正是这位程先生。我想称他“程先生”，觉得不合。想称他法师，又不知道他的法名（后来知道是弘伞）。一时周章得很。我回去对李先生讲了，李先生告诉我，他不久也要出家为僧，就做弘伞的师弟。我愕然不知所对。过了几天，他果然辞职，要去出家。出家的前晚，他叫我和同学叶天瑞、李增庸三人到他的房间里，把房间里所有的东西送给我们三人。第二天，我们三人送他到虎跑。

我们回来分得了他的“遗产”，再去望他时，他已光着头皮，穿着僧衣，俨然一位清癯的法师了。我从此改口，称他为“法师”。法师的僧腊二十四年。这二十四年中，我颠沛流离，他一贯到底，而且修行功夫愈进愈深。当初修净土宗，后来又修律宗。律宗是讲究戒律的，一举一动，都有规律，严肃认真之极。这是佛门中最难修的一宗。数百年来，传统断绝，直到弘一法师方才复兴，所以佛门中称他为“重兴南山律宗第十一代祖师”。他的生活非常认真。举一例说：有一次我寄一卷宣纸去，请弘一法师写佛号。宣纸多了些，他就来信问我，余多的宣纸如何处置？又有一次，我寄回件邮票去，多了几分。他把多的几分寄还我。以后我寄纸或邮票，就预先声明：余多的送与法师。有一次他到我家。我请他藤椅子里坐。他把藤椅子轻轻摇动，然后慢慢地坐下去。起先我不敢问。后来看他每次都如此，我就启问。法师回答我说："这椅子里头，两根藤之间，也许有小虫伏着。突然坐下去，要把它们压死，所以先摇动一下，慢慢地坐下去，好让它们走避。"读者听到这话，也许要笑。但这正是做人极度认真的表示。

如上所述，弘一法师由翩翩公子一变而为留学生，又变而为教师，三变而为道人，四变而为和尚。每做一种人，都做得十分像样。好比全能的优伶：起青衣像个青衣，起老生像个老生，起大面又像个大面……都是认真的缘故。

现在弘一法师在福建泉州圆寂了。噩耗传到贵州遵义的时候，我正在束装，将迁居重庆。我发愿到重庆后替法师画像一百帧，分送各地信善，刻石供养。现在画像已经如愿了。我和李先生在世间的师徒尘缘已经结束，然而他的遗训——认真——永远铭刻在我心头。

一九四三年四月，弘一法师圆寂后一百六十七日，

作于四川五通桥客寓

宴之趣

郑振铎 / 文

宴之趣是如此的不同呀！

虽然是冬天，天气却并不怎么冷，雨点淅淅沥沥地滴个不已，灰色云是弥漫着；火炉的火是熄下了，在这样的秋天似的天气中，生了火炉未免是过于燠暖了。家里一个人也没有，他们都出外“应酬”去了。独自在这样的房里坐着，读书的兴趣也引不起，偶然地把早晨的日报翻着，翻着，看看它的广告，忽然想起去看*Merry Widow*[①]吧。于是独自地上了电车，到帕克路跳下了。

在黑漆的影戏院中，乐队悠扬地奏着乐，白幕上的黑影，坐着，立着，追着，哭着，笑着，愁着，怒着，恋着，失望着，决斗着，那还不是那一套，他们写了又写，演了又演的那一套故事。

但至少，我是把一句话记住在心上了：

“有多少次，我是饿着肚子从晚餐席上跑开了。”

这是一句隽妙无比的名句；借来形容我们宴会无虚日的交际社会，真是很确切的。

① 即歌剧《风流寡妇》。

每一个商人、每一个官僚，每一个略略交际广了些的人，差不多他们的每一个黄昏，都是消磨在酒楼菜馆之中的。有的时候，一个黄昏要赶着去赴三四处的宴会；这些忙碌的交际者真是妓女一样，在这里坐一坐，就走开了，又赶到另一个地方去了，在那一个地方又只略坐一坐，又赶到再一个地方去了。他们的肚子定是不会饱的，我想。有几个这样的交际者，当酒阑灯灺，应酬完毕之后，定是回到家中，叫底下人烧了稀饭来堆补空肠的。

我们在广漠繁华的上海，简直是一个村气十足的“乡下人”；我们住的是乡下，到“上海”去一趟是不容易的，我们过的是乡间的生活，一月中难得有几个黄昏是在“应酬”场中度过的。有许多人也许要说我们是“孤介”，那是很清高的一个名词。但我们实在不是如此，我们不过是不惯征逐于酒肉之场，始终保持着不大见世面的“乡下人”的色彩而已。

偶然的有几次，承一二个朋友的好意，邀请我们去赴宴。在座的至多只有三四个熟人，那一半生客，还要主人介绍或自己去请教尊姓大名，或交换名片，把应有的初见面的应酬的话讷讷地说完了之后，便默默地相对无言了。说的话都不是有着落，都不是从心里发出的；泛泛的，是几个音声，由喉咙头溜到口外的而已。过后自己想起那样的敷衍的对话，未免要为之失笑。如此的，说是一个黄昏在繁灯絮语之宴席上度过了，然而那是如何没有生趣的一个黄昏呀！

有几次，席上的生客太多了，除了主人之外，没有一个是认识的；请教了姓名之后，也随即忘记了。除了和主人说几句话之外，简直无从和他们谈起。不晓得他们是什么行业，不晓得他们是什么性质的人，有话在口头也不敢随意地高谈起来。那一席宴，真是如坐针毡；精美的羹菜，一碗碗地捧上来，也不知是什么味儿。终于忍不住了，只好向主人撒一个谎，说身体不大好过，或说是还有应酬，一定要去的——如果在谣言很多的这几天当然是更好托辞了，说我怕戒严提早，要被留在华界之外——虽然这是无礼貌的，不大应该的，虽然主人是照例地殷勤地留着，然而我却不顾一切地不得不走了。这个黄昏实在是太难挨得过去了！回到家里以后，买了一碗稀饭，即使只有一小盏萝卜干下稀饭，反而觉得舒畅，有意味。

如果有什么友人做喜事，或寿事，在某某花园，某某旅社的大厅里，大张旗鼓地宴客，不幸我们是被邀请了，更不幸我们是太熟的友人，不能不到，也不能道完了喜或拜完了寿，立刻就托辞溜走的，于是这又是一个可怕的黄昏。常常地张大了两眼，在寻找熟人，好容易找到了，一定要紧紧地和他们挤在一起，不敢失散。到了坐席时，便至少有两三人在一块儿可以谈谈了，不至于一个人独自地局促在一群生面孔的人当中，惶恐而且空虚。当我们两三个人在津津地谈着自己的事时，偶然抬起眼来看着对面的一个坐客，他是凄然无侣地坐着；大家酒杯举了，他也举着；菜来了，一个人说“请，请”，同时把牙箸伸到盘边，他也说“请，请”，也同样地把牙箸伸出。除了吃菜之外，他没有目的，菜完了，他便局促地独坐着。我们见了他，总要代他难过，然而他终于能够终了席方才起身离座。

宴会之趣味如果仅是这样的，那么，我们将咒诅那第一个发明请客的人；喝酒的趣味如果仅是这样的，那么，我们也将打倒杜康与狄奥尼修士[①]了。

然而又有的宴会却幸而并不是这样的，我们也还有别的可以引起喝酒的趣味的环境。

独酌，据说，那是很有意思的。我少时，常见祖父一个人执了一把锡的酒壶，把黄色的酒倒在白瓷小杯里，举了杯独酌着；喝了一小口，真正一小口，便放下了，又拿起筷子来夹菜。因此，他食得很慢，大家的饭碗和筷子都已放下了，且已离座了，而他却还在举着酒杯，不匆不忙地喝着。他的吃饭，尚在再一个半点钟之后呢。而他喝着酒，颜微酡着，常常叫道“孩子，来”，而我们便到了他的跟前。他夹了一块只有他独享着的菜蔬放在我们口中，问道：“好吃吗？”我们往往以点点头答之，在孙男与孙女中，他特别的喜欢我，叫我前去的时候尤多。常常的，他把有了短髭的嘴吻着我的面颊，微微有些刺痛，而他的酒气从他的口鼻中直喷出来。这是使我很难受的。

这样的，他消磨过了一个中午和一个黄昏。天天都是如此。我没有享受过这样的乐趣。然而回想起来，似乎他那时是非常地高兴，他是陶醉着，为快乐的雾所围着，似乎他的沉重的忧郁都从心上移开了，这里便是他的全个世界，而全个世界也便是他的。

别一个宴之趣，是我们近几年所常常领略到的，那就是集合了好几个无所不谈的朋友，全座没有一个生面孔，在随意地喝着酒，吃着菜，上天下地地谈着。有时说着很轻妙的话，说着很可发笑的话，有时是如火如剑的激动的话，有时是深切的论学谈艺的话，有时是随意

---

① 今译狄俄尼索斯，希腊神话中的酒神。

地取笑着，有时是面红耳热地争辩着，有时是高妙的理想在我们的谈锋上触着，有时是恋爱的遇合与家庭的与个人的身世使我们谈个不休。每个人都把他的心胸赤裸裸地袒开了，每个人都把他的向来不肯给人看的面孔显露出来了；每个人都谈着，谈着，谈着，只有更兴奋地谈着，毫不觉得“疲倦”是怎么一个样子。酒是喝得干了，菜是已经没有了，而他们却还是谈着，谈着，谈着。那个地方，即使是很喧闹的，很湫狭的，向来所不愿意多坐的，而这时大家却都忘记了这些事，只是谈着，谈着，谈着，没有一个人愿意先说起告别的话。要不是为了戒严或家庭的命令，竟不会有人想走开的。虽然这些闲谈都是琐屑之至的，都是无意味的，而我们却已在其间得到宴之趣了；其实在这些闲谈中，我们是时时可发现许多珠宝的；大家都互相地受着影响，大家都更进一步了解他的同伴，大家都可以从那里得到些教益与利益。

“再喝一杯，只要一杯，一杯。”

“不，不能喝了，实在的。”

不会喝酒的人每每这样地被强迫着而喝了过量的酒。面部红红的，映在灯光之下，是向来所未有的壮美的丰采。

“圣陶，干一杯，干一杯。”我往往地举起杯来对着他说，我是很喜欢一口一杯地喝酒的。

“慢慢地，不要这样快，喝酒的趣味，在于一小口一小口地喝，不在于‘干杯’。”圣陶反抗似的说，然而终于他是一口干了，一杯又是一杯。

连不会喝酒的愈之、雁冰，有时，竟也被我们强迫地干了一杯。

于是大家哄然地大笑，是发出于心之绝底的笑。

再有，佳年好节，合家团团地坐在一桌上，放了十几双的红漆筷子，连不在家中的人也都放着一双筷子，都排着一个座位。小孩子笑孜孜地闹着吵着，母亲和祖母温和地笑着，妻子忙碌着，指挥着厨房中、厅堂中仆人们的做菜、端菜，那也是特有一种融融泄泄的乐趣，为孤独者所妒羡不止的，虽然并没有和同伴们同在时那样的宴之趣。

还有，一对恋人独自在酒店的密室中晚餐；还有，从戏院中偕了妻子出来，同登酒楼喝一二杯酒；还有，伴着祖母或母亲在熊熊的炉火旁边，放了几盏小菜，闲吃着消夜的酒，那都是使身临其境的人心醉神怡的。

宴之趣是如此的不同呀！

肆

闲敲棋子落灯花

饮酒

梁实秋 / 文

“花看半开，酒饮微醺”的趣味，才是最令人低回的境界。

酒实在很妙。几杯落肚之后就会觉得飘飘然、醺醺然。平素道貌岸然的人，也会绽出笑脸；一向沉默寡言的人，也会议论风生。再灌下几杯之后，所有的苦闷烦恼全都忘了，酒酣耳热，只觉得意气飞扬，不可一世，若不及时知止，可就难免玉山颓欹，剔吐纵横，甚至撒疯骂座，以及种种的酒失酒过全部呈现出来。莎士比亚的《暴风雨》里的卡力班，那个象征原始人的怪物，初尝酒味，觉得妙不可言，以为把酒给他喝的那个人是自天而降，以为酒是甘露琼浆，不是人间所有物。美洲印第安人初与白人接触，就是被酒所倾倒，往往不惜举土地畀人以换一些酒浆。印第安人的衰灭，至少一部分是由于他们的荒腆于酒。

我们中国人饮酒，历史久远。发明酒者，一说是仪逖，又说是杜康。仪逖夏朝人，杜康周朝人，相距很远，总之是无可稽考。也许制酿的原料不同、方法不同，所以仪逖的酒未必就是杜康的酒。《尚书》有《酒诰》之篇，谆谆以酒为戒，一再地说“祀兹酒”（停止这样的喝酒），“无彝酒”（勿常饮酒），想见古人饮酒早已相习成风，而且到了“大乱丧德”的地步。三代以上的事多不可考，不过从汉起就有酒榷之说，以后各代因之，都是课税以裕国帑，并没有寓禁于征的意思。酒很难禁绝，美国一九二〇年起实施酒禁，雷厉风行，依然到处都有酒喝。当时笔者道出纽约，有一天友人邀我食于某中国餐馆，入门直趋后室，索五加皮，开怀畅饮。忽警察闯入，友人止予勿惊。这位警察徐徐就座，解手枪，锵然置于桌上，索五加皮独酌，不久即伏案酣睡。一九三三年酒禁废，直如一场儿戏。民之所好，非政令所能强制。在我们中国，汉萧何造律："三人以上无故群饮，罚金四两。"此律不曾彻底实行。事实上，酒楼妓馆处处笙歌，无时不飞觞醉月。文人雅士水边修禊，山上登高，一向离不开酒。名士风流，以为持螯把酒，便足了一生，甚至于酣饮无度，扬言"死便埋我"，好像大量饮酒不是什么不很体面的事，真所谓"酗于酒德"。

对于酒，我有过多年的体验。第一次醉是在六岁的时候，侍先君饭于致美斋（北平煤市街路西）楼上雅座，窗外有一棵不知名的大叶树，随时簌簌作响。连喝几盅之后，微有醉意，先君禁我再喝，我一声不响站立在椅子上舀了一匙高汤，泼在他的一件两截衫上。随后我就倒在旁边的小木炕上呼呼大睡。回家之后才醒。我的父母都喜欢酒，所以我一直都有喝酒的机会。"酒有别肠，不必长大"，语见《十国春秋》，意思是说酒量的大小与身体的大小不必成正比例，壮健者未必能饮，瘦小者也许能鲸吸。我小时候就是瘦弱如一根绿豆芽。酒量是可以慢慢磨炼出来的，不过有其极限。我的酒量不大，我也没有亲见过一般人所艳称的那种所谓海量。古代传说"文王饮酒千钟，孔子百觚"，王充《论衡·语增篇》就大加驳斥，他说："文王之身如防风之君，孔子之体如长狄之人，乃能堪之。"且"文王孔子率礼之人也”，何至于醉酗乱身？就我孤陋的见闻所及，无论是“青州从事”或“平原督邮”，大抵白酒一斤或黄酒三五斤即足以令任何人头昏目眩粘牙倒齿。唯酒无量，以不及于乱为度，看各人自制力如何耳。不为酒困，便是高手。

酒不能解忧，只是令人在由兴奋到麻醉的过程中暂时忘怀一切。即刘伶所谓“无息无虑，其乐陶陶”。可是酒醒之后，所谓“忧心如酲”，那份病酒的滋味很不好受，所付代价也不算小。我在青岛居住的时候，那地方背山面海，风景如绘，在很多人心目中是最理想的卜居之所，唯一缺憾是很少文化背景，没有古迹耐人寻味，也没有适当的娱乐。看山观海，久了也会腻烦，于是呼朋聚饮，三日一小饮，五日一大宴，豁拳行令，三十斤花雕一坛，一夕而罄。七名酒徒加上一位女史，正好八仙之数，乃自命为酒中八仙。有时且结伙远征，近则济南，远则南京、北京，不自谦抑，狂言“酒压胶济一带，拳打南北二京”，高自期许，俨然豪气干云的样子。当时作践了身体，这笔账日后要算。一日，胡适之先生过青岛小憩，在宴席上看到八仙过海的盛况大吃一惊，急忙取出他太太给他的一个金戒指，上面镌有“戒”字，戴在手上，表示免战。过后不久，胡先生就写信给我说：“看你们喝酒的样子，就知道青岛不宜久居，还是到北京来吧！”我就到北京去了。现在回想当年酗酒，哪里算得是勇，直是狂。

酒能削弱人的自制力，所以有人酒后狂笑不置，也有人痛哭不已，更有人口吐洋语滔滔不绝，也许会把平素不敢告人之事吐露一二，甚至把别人的阴私而当众抖搂出来。最令人难堪的是强人饮酒，或单挑，或围剿，或投下井之石，千方百计要把别人灌醉，有人诉诸武力，捏着人家的鼻子灌酒！这也许是人类长久压抑下的一部分兽性之发泄，企图获取胜利的满足，比拿起石棒给人迎头一击要文明一些而已。那咄咄逼人的声嘶力竭的豁拳，在赢拳的时候，那一声拖长了的绝叫，也是表示内心的一种满足。在别处得不到满足，就让他们在聚饮的时候如愿以偿吧！只是这种闹饮，以在有隔音设备的房间里举行为宜，免得侵扰他人。

《菜根谭》所谓“花看半开，酒饮微醺”的趣味，才是最令人低回的境界。

苦雨

周作人 / 文

北京近日多雨，你在长安道上不知也遇到否，想必能增你旅行的许多佳趣。

伏园兄：

北京近日多雨，你在长安道上不知也遇到否，想必能增你旅行的许多佳趣。雨中旅行不一定是很愉快的，我以前在杭沪车上时常遇雨，每感困难，所以我于火车的雨不能感到什么兴味，但卧在乌篷船里，静听打篷的雨声，加上欸乃的橹声以及“靠塘来，靠下去”的呼声，却是一种梦似的诗境。倘若更大胆一点，仰卧在脚划小船内，冒雨夜行，更显出水乡住民的风趣，虽然较为危险，一不小心，拙劣地转一个身，便要使船底朝天。二十多年前往东浦吊先父的保姆之丧，归途遇暴风雨，一叶扁舟在白鹅似的波浪中间滚过大树港，危险极也愉快极了。我大约还有好些“为鱼”时候——至少也是断发文身时候的脾气，对于水颇感到亲近，不过北京的泥塘似的许多“海”实在不很满意，这样的水没有也并不怎么可惜。你往“陕半天”去似乎要走好两天的准沙漠路，在那时候倘若遇见风雨，大约是很舒服的，遥想你胡坐骡车中，在大漠之上，大雨之下，喝着四打之内的汽水，悠然进行，可以算是“不亦快哉”之一。但这只是我的空想，如诗人的理想一样也靠不住，或者你在骡车中遇雨，很感困难，正在叫苦连天也未可知，这须等你回京后问你再说了。我住在北京，遇见这几天的雨，却叫我十分难过。北京向来少雨，所以不但雨具不很完全，便是家屋构造，于防雨亦欠周密。除了真正富翁以外，很少用实垛砖墙，大抵只用泥墙抹灰敷衍了事。近来天气转变，南方酷寒而北方淫雨，因此两方面的建筑上都露出缺陷。一星期前的雨把后园的西墙淋坍，第二天就有"梁上君子"来摸索北房的铁丝窗，从次日起赶紧邀了七八位匠人，费两天工夫，从头改筑，已经成功十分八九，总算可以高枕而卧，前夜的雨却又将门口的南墙冲倒二三丈之谱。这回受惊的可不是我了，乃是川岛君"佢们"俩，因为"梁上君子"如再见光顾，一定是去躲在"佢们"的窗下窃听的了。为消除"佢们"的不安起见，一等天气晴正，急需大举地修筑，希望日子不至于很久，这几天只好暂时拜托川岛君的老弟费神代为警护罢了。

前天十足下了一夜的雨，使我夜里不知醒了几遍。北京除了偶然有人高兴放几个爆仗以外，夜里总还安静，那样哗啦哗啦的雨声在我的耳朵已经不很听惯，所以时常被它惊醒，就是睡着也仿佛觉得耳边粘着面条似的东西，睡得很不痛快。还有一层，前天晚间据小孩们报告，前面院子里的积水已经离台阶不及一寸，夜里听着雨声，心里糊里糊涂地总是想水已上了台阶，浸入西边的书房里了。好容易到了早上五点钟，赤脚撑伞，跑到西屋一看，果然不出所料，水浸满了全屋，约有一寸深浅，这才叹了一口气，觉得放心了，倘若这样兴高采烈地跑去，一看却没有水，恐怕那时反觉得失望，没有现在那样的满足也说不定。幸而书籍都没有湿，虽然是没有什么价值的东西，但是湿成一饼一饼的纸糕，也很是不愉快。现今水虽已退，还留一种涨过大水后的普通的臭味，固然不能留客坐谈，就是自己也不能在那里写字，所以这封信是在里边炕桌上写的。

这回的大雨，只有两种人最喜欢。第一是小孩们。他们喜欢水，却极不容易得到，现在看见院子里成了河，便成群结队地去“蹚河”去。赤了足伸到水里去，实在很有点冷，但是他们不怕，下到水里还不肯上来。大人们见小孩玩得有趣，也一个两个地加入，但是成绩却不甚佳，那一天里滑倒了三个人，其中两个都是大人——其一为我的兄弟，其一是川岛君。第二种喜欢下雨的则为蛤蟆。从前同小孩住高亮桥去钓鱼钓不着，只捉了好些蛤蟆，有绿的，有花条的，拿回来都放在院子里，平常偶叫几声，在这几天里便整日叫唤，或者是荒年之兆，却极有田村的风味。有许多耳朵皮嫩的人，很恶喧嚣，如麻雀蛤蟆或蝉的叫声，凡足以妨碍他们的甜睡者，无一不深恶而痛绝之。大有灭此而午睡之意，我觉得大可以不必如此，随便听听都是很有趣味的，不但是这些久成诗料的东西，一切鸣声其实都可以听。蛤蟆在水田里群叫，深夜静听，往往变成一种金属音，很是特别，又有时仿佛是狗叫，古人常称蛙蟆为吠，大约也是从实验而来。我们院子里的蛤蟆现在只见花条的一种，它的叫声更不漂亮，只是格格格这个叫法，可以说是革音，平常自一声至三声，不会更多，唯在下雨的早晨，听它一口气叫上十二三声，可见它是实在喜欢极了。

这一场大雨恐怕在乡下的穷朋友是很大的一个不幸，但是我不曾亲见，单靠想象是不中用的，所以我不去虚伪地代为悲叹了，倘若有人说这所记的只是个人的事情，于人生无益，我也承认，我本来只想说个人的私事，此外别无意思。今天太阳已经出来，傍晚可以出外去游嬉，这封信也就不再写下去了。

我本等着看你的秦游记，现在却由我先写给你看，这也可以算是“意表之外”的事吧。

十三年（1924年）七月十七日在京城书

养花

老舍 / 文

有喜有忧，有笑有泪，有花有果，有香有色……这就是养花的乐趣了。

我爱花，所以也爱养花。我可还没成为养花专家，因为没有工夫去研究和试验。我只把养花当作生活中的一种乐趣，花开得大小好坏都不计较，只要开花，我就高兴。在我的小院子里，一到夏天满是花草，小猫只好上房去玩，地上没有它们的运动场。

花虽然多，但是没有奇花异草。珍贵的花草不易养活，看着一棵好花生病要死，是件难过的事。北京的气候，对养花来说不算很好，冬天冷，春天多风，夏天不是干旱就是大雨倾盆，秋天最好，可是会忽然闹霜冻。在这种气候里，想把南方的好花养活，我还没有那么大的本事。因此，我只养些好种易活、自己会奋斗的花草。

不过，尽管花草自己会奋斗，我若是置之不理，任其自生自灭，大半还是会死的。我得天天照管它们，像好朋友似的关心它们。一来二去，我摸着一些门道：有的喜阴，就别放在太阳地里；有的喜干，就别多浇水。摸着门道，花草养活了，而且三年五载老活着、开花，多么有意思啊！不是乱吹，这就是知识呀！多得些知识，一定不是坏事。

我不是有腿病吗，不但不利于行，也不利于久坐。我不知道花草们受我的照顾，感谢我不感谢；我可得感谢它们。我工作的时候，我总是写一会儿就到院中去看看，浇浇这棵，搬搬那盆，然后回到屋里再写一会儿，然后再出去。如此循环，让脑力劳动和体力劳动得到适当的调节，有益身心，胜于吃药。要是赶上狂风暴雨或天气突变，就得全家动员，抢救花草，十分紧张。几百盆花，都要很快地抢到屋里去，使人腰酸腿疼，热汗直流。第二天，天气好了，又得把花都搬出去，就又一次腰酸腿疼，热汗直流。可是，这多么有意思呀！不劳动，连棵花也养不活，这难道不是真理吗？

送牛奶的同志进门就夸“好香”，这使我们全家都感到骄傲。赶到昙花开放的时候，约几位朋友来看看，更有秉烛夜游的味道——昙花总在夜里开放。花儿分根了，一棵分为数棵，就赠给朋友们一些。看着友人拿走自己的劳动果实，心里自然特别欢喜。

当然，也有伤心的时候，今年夏天就有这么一回。三百株菊秧还在地上（没到移入盆中的时候），下了暴雨，邻家的墙倒了，菊秧被砸死三十多种，一百多棵。全家人几天都没有笑容。

有喜有忧，有笑有泪，有花有果，有香有色。既须劳动，又长见识，这就是养花的乐趣了。

蛛丝和梅花

林徽因 / 文

含着人性的细致是东方传统的情绪。

真真的就是那么两根蛛丝，由门框边轻轻地牵到一枝梅花上。就是那么两根细丝，迎着太阳光发亮……再多了，那还像样吗？一个摩登家庭如何能容蛛网在光天白日里作怪，管它有多美丽，多玄妙，多细致，够你对着它联想到一切自然造物的神工和不可思议处；这两根丝本来就该使人脸红，且在冬天够多特别！可是亮亮的，细细的，倒有点像银，也有点像玻璃制的细丝，委实不算讨厌，尤其是它们那么洒脱风雅，偏偏那样有意无意地斜着搭在梅花的枝梢上。

你向着那丝看，冬天的太阳照满了屋内，窗明几净，每朵含苞的，开透的，半开的梅花在那里挺秀吐香，情绪不禁迷茫缥缈地充溢心胸，在那一刹那的时间中振荡。同蛛丝一样的细弱，和不必需，思想开始抛引出去；由过去牵到将来，意识的，非意识的，由门框梅花牵出宇宙，浮云沧波踪迹不定。是人性、艺术，还是哲学，你也无暇计较，你不能制止你情绪的充溢、思想的驰骋，蛛丝梅花竟然是瞬息可以千里！

好比你是蜘蛛，你的周围也有你自织的蛛网，细致地牵引着天地，不怕多少次风雨来吹断它，你不会停止了这生命上基本的活动。

此刻……一枝斜好，幽香不知甚处……

拿梅花来说吧，一串串丹红的结蕊缀在秀劲的傲骨上，最可爱，最可赏，等半绽将开地错落在老枝上时，你便会心跳！梅花最怕开，开了便没话说。索性残了，沁香拂散同夜里炉火都能成了一种温存的凄清。

记起了，也就是说到梅花、玉兰。初是有个朋友说起初恋时玉兰刚开完，天气每天的暖，住在湖旁，每夜跑到湖边林子里走路，又静坐幽僻石上看隔岸灯火，感到好像仅有如此虔诚地孤对一片泓碧寒星远市，才能把心里情绪抓紧了，放在最可靠最纯净的一撮思想里，始不至亵渎了或是惊着那“寤寐思服”的人儿。那是极年轻的男子初恋的情景——对象渺茫高远，反而近求“自我的”郁结深浅——他问起少女的情绪。

就在这里，忽记起梅花。一枝两枝，老枝细枝，横着，虬着，描着影子，喷着细香；太阳淡淡金色地铺在地板上；四壁琳琅，书架上的书和书签都像在发出言语；墙上小对联记不得是谁的集句；中条是东坡的诗。你敛住气，简直不敢喘息，踮起脚，细小的身形嵌在书房中间，看残照当窗，花影摇曳，你像失落了什么，有点儿迷惘。又像“怪东风着意相寻”，有点儿没主意！浪漫，极端的浪漫。“飞花满地谁为扫？”你问，情绪风似的吹动，卷过，停留在惜花上面。再回头看看，花依旧嫣然不语。“如此娉婷，谁人解看花意。”你更沉默，几乎热情地感到花的寂寞，开始怜花，把同情统统诗意地交给了花心！

这不是初恋，是未恋，正自觉“解看花意”的时代。情绪的不同，不止是男子和女子有分别，东方和西方也甚有差异。情绪即使根本相同，情绪的象征，情绪所寄托，所栖止的事物却常常不同。水和星子同西方情绪的联系，早就成了习惯。一颗星子在蓝天里闪，一流冷涧倾泄一片幽愁的平静，便激起他们诗情的波涌，心里甜蜜地，热情地便唱着由那些鹅羽的笔锋散下来的“她的眼如同星子在暮天里闪”或是“明丽如同单独的那颗星，照着晚来的天”或“多少次了，在一流碧水旁边，忧愁倚下她低垂的脸”。

惜花、解花太东方，亲昵自然，含着人性的细致是东方传统的情绪。

此外年龄还有尺寸，一样是愁，却跃跃似喜，十六岁时的，微风零乱，不颓废，不空虚，踮着理想的脚充满希望，东方和西方却一样。人老了脉脉烟雨，愁吟或牢骚多折损诗的活泼。大家如香山、稼轩、东坡、放翁的白发华发，很少不梗在诗里，至少是令人不快。话说远了，刚说是惜花，东方老少都免不了这嗜好，这倒不论老的雪鬓曳杖，深闺里也就攒眉千度。

最叫人惜的花是海棠一类的“春红”，那样娇嫩明艳，开过了残红满地，太招惹同情和伤感。但在西方即使也有我们同样的花，也还缺乏我们的廊庑庭院。有了“庭院深深深几许”才有一种庭院里特有的情绪。如果李易安的“斜风细雨”底下不是“重门须闭”也就不“萧条”得那样深沉可爱；李后主的“终日谁来”也一样的别有寂寞滋味。看花更须庭院，常常锁在里面认识，不时还得有轩窗栏杆，给你一点凭借，虽然也用不着十二栏杆倚遍，那么慵弱无聊。

当然旧诗里伤愁太多：一首诗竟像一张美的证券，可以照着市价去兑现！所以庭花、乱红、黄昏、寂寞太滥，诗常失却诚实。西洋诗，恋爱总站在前头，或是“忘掉”或是“记起”，月是为爱，花也是为爱，只使全是真情，也未尝不太腻味。就以两边好的来讲。拿他们的月光同我们的月色比，似乎是月色滋味深长得多。花更不用说了；我们的花“不是预备采下缀成花球，或花冠献给恋人的”，却是一树一树绰约的，个性的，自己立在情人的地位上接受恋歌的。

所以未恋时的对象最自然的是花，不是因为花而起的感慨——十六岁时无所谓感慨——仅是刚说过的自觉解花的情绪。寄托在那清丽无语的上边，你心折它绝韵孤高，你为花动了感情，实说你同花恋爱，也未尝不可——那惊讶、狂喜也不减于初恋。还有那凝望，那沉思……

一根蛛丝！记忆也同一根蛛丝，搭在梅花上就由梅花枝上牵引出去，虽未织成密网，这诗意的前后，也就是相隔十几年的情绪的联络。

午后的阳光仍然斜照，庭院阒然，离离疏影，房里窗棂和梅花依然伴和成为图案。两根蛛丝在冬天还可以算为奇迹，你望着它看，真有点像银，也有点像玻璃，偏偏那么斜挂在梅花的枝梢上。

二十五年（1936年）新年漫记

书画自娱

汪曾祺 / 文

人活着，就得有点兴致。

《中国作家》将在封二发作家的画，拿去我的一幅，还要写几句有关“作家画”的话，写了几句诗：

我有一好处，平生不整人。

写作颇勤快，人间送小温。

或时有佳兴，伸纸画芳春。

草花随目见，鱼鸟略似真。

唯求俗可耐，宁计故为新。

只可自怡悦，不堪持赠君。

君若亦欢喜，携归尽一樽。

诗很浅显，不须注释，但可申说两句。给人间送一点小小的温暖，这大概可以说是我的写作的态度。我的书画，更是遣兴而已。我很欣赏宋人诗：“四时佳兴与人同。”人活着，就得有点兴致。我不会下棋，不爱打扑克、打麻将，偶尔喝了两杯酒，一时兴起，便裁出一张宣纸，随意画两笔。所画多是“芳春”——对生活的喜悦。我是画花鸟的。所画的花都是平常的花。北京人把这样的花叫“草花”。我是不种花的，只能画我在街头、陌上、公园里看得很熟的花。我没有画过素描，也没有临摹过多少徐青藤、陈白阳，只是“以意为之”。我很欣赏齐白石的话：“太似则媚俗，不似则欺世。”我画鸟，我的女儿称之为“长嘴大眼鸟”。我画得不大像，不是有意求其“不似”，实因功夫不到，不能似耳。但我还是希望能“似”的。当代“文人画”多有烟云满纸，力求怪诞者，我不禁要想起齐白石的话，这是不是“欺世”？“说了归齐”（这是北京话），我的画画，自娱而已。“只可自怡悦，不堪持赠君”，是照搬了陶弘景的原句。我近曾到永嘉去了一次，游了陶公洞，觉得陶弘景是个很有意思的人。他是道教的重要人物，其思想的基础是老庄，接受了神仙道教影响，又吸取佛教思想；他又是个药物学家，且擅长书法；他留下的诗不多，最著名的是《诏问山中何所有赋诗以答》：

山中何所有？
岭上多白云。
只可自怡悦，
不堪持赠君。

一个人一辈子留下这四句诗，也就可以不朽了。我的画，也只是白云一片而已。

一九九二年一月八日

看花

朱自清 / 文

我爱繁花老干的杏，临风婀娜的小红桃，贴梗累累如珠的紫荆；但最恋恋的是西府海棠。

生长在大江北岸一个城市里，那儿的园林本是著名的，但却很少；似乎自幼就不曾听见过“我们今天看花去”一类话，可见花事是不盛的。有些爱花的人，大都只是将花栽在盆里，一盆盆搁在架上；架子横放在院子里。院子照例是小小的，只够放下一个架子；架上至多搁二十多盆花罢了。有时院子里依墙筑起一座“花台”，台上种一株开花的树；也有在院子里地上种的。但这只是普通的点缀，不算是爱花。

家里人似乎都不甚爱花；父亲只在领我们上街时，偶然和我们到“花房”里去过一两回。但我们住过一所房子，有一座小花园，是房东家的。那里有树，有花架（大约是紫藤花架之类），但我当时还小，不知道那些花木的名字；只记得爬在墙上的是蔷薇而已。园中还有一座太湖石堆成的洞门；现在想来，似乎也还好的。在那时由一个顽皮的少年仆人领了我去，却只知道跑来跑去捉蝴蝶；有时掐下几朵花，也只是随意挼弄着，随意丢弃了。至于领略花的趣味，那是以后的事：夏天的早晨，我们那地方有乡下的姑娘在各处街巷，沿门叫着：“卖栀子花来。”栀子花不是什么高品，但我喜欢那白而晕黄的颜色和那肥肥的个儿，正和那些卖花的姑娘有着相似的韵味。栀子花的香，浓而不烈，清而不淡，也是我乐意的。我这样便爱起花来了。也许有人会问：“你爱的不是花吧？”这个我自己其实也已不大弄得清楚，只好存而不论了。

在高小的一个春天，有人提议到城外F寺里吃桃子去，而且预备白吃；不让吃就闹一场，甚至打一架也不在乎。那时虽远在五四运动以前，但我们那里的中学生却常有打进戏园看白戏的事。中学生能白看戏，小学生为什么不能白吃桃子呢？我们都这样想，便由那提议人纠合了十几个同学，浩浩荡荡地向城外而去。到了F寺，气势不凡地呵叱着道人们（我们称寺里的工人为道人），立刻领我们向桃园里去。道人们踌躇着说：“现在桃树刚才开花呢。”但是谁信道人们的话？我们终于到了桃园里。大家都丧了气，原来花是真开着呢！这时提议人P君便去折花。道人们是一直步步跟着的，立刻上前劝阻，而且用起手来。但P君是我们中最不好惹的；“说时迟，那时快”，一眨眼，花在他的手里，道人已踉跄在一旁了。那一园子的桃花，想来总该有些可看；我们却谁也没有想着去看。只嚷着：“没有桃子，得沏茶喝！”道人们满肚子委屈地引我们到“方丈”里，大家各喝一大杯茶。这才平了气，谈谈笑笑地进城去。大概我那时还只懂得爱一朵朵的栀子花，对于开在树上的桃花，是并不了然的；所以眼前的机会，便从眼前错过了。

以后渐渐念了些看花的诗，觉得看花颇有些意思。但到北平读了几年书，却只到过崇效寺一次；而去得又嫌早些，那有名的一株绿牡丹还未开呢。北平看花的事很盛，看花的地方也很多；但那时热闹的似乎也只有一班诗人名士，其余还是不相干的。那正是新文学运动的起头，我们这些少年，对于旧诗和那一班诗人名士，实在有些不敬；而看花的地方又都远不可言，我是一个懒人，便干脆地断了那条心了。后来到杭州做事，遇见了Y君，他是新诗人兼旧诗人，看花的兴致很好。我和他常到孤山去看梅花。孤山的梅花是古今有名的，但太少；又没有临水的，人也太多。有一回坐在放鹤亭上喝茶，来了一个方面有须，穿着花缎马褂的人，用湖南口音和人打招呼道："梅花盛开嗒！""盛"字说得特别重，使我吃了一惊；但我吃惊的也只是说在他嘴里"盛"这个声音罢了，花的盛不盛，在我倒并没有什么的。有一回，Y来说，灵峰寺有三百株梅花；寺在山里，去的人也少。我和Y，还有N君，从西湖边雇船到岳坟，从岳坟入山。曲曲折折走了好一会儿，又上了许多石级，才到山上寺里。寺甚小，梅花便在大殿西边园中。园也不大，东墙下有三间净室，最宜喝茶看花；北边有座小山，山上有亭，大约叫"望海亭"吧，望海是未必，但钱塘江与西湖是看得见的。梅树确是不少，密密地低低地整列着。那时已是黄昏，寺里只我们三个游人；梅花并没有开，但那珍珠似的繁星似的骨朵儿，已经够可爱了；我们都觉得比孤山上盛开时有味。大殿上正做晚课，送来梵呗的声音，和着梅林中的暗香，真叫我们舍不得回去。在园里徘徊了一会儿，又在屋里坐了一会儿，天是黑定了，又没有月色，我们向庙里要了一个旧灯笼，照着下山。路上几乎迷了道，又两次三番地狗咬；我们的Y诗人确有些窘了，但终于到了岳坟。船夫远远迎上来道："你们来了，我想你们不会冤我呢！"在船上，我们还不离口地说着灵峰的梅花，直到湖边电灯光照到我们的眼。

Y回北平去了，我也到了白马湖。那边是乡下，只有沿湖与杨柳相间着种了一行小桃树，春天花发时，在风里娇媚地笑着。还有山里的杜鹃花也不少。这些日日在我们眼前，从没有人像煞有介事地提议：“我们看花去。”但有一位S君，却特别爱养花；他家里几乎是终年不离花的。我们上他家去，总看他在那里不是拿着剪刀修理枝叶，便是提着壶浇水。我们常乐意看着。他院子里一株紫薇花很好，我们在花旁喝酒，不知多少次。白马湖住了不过一年，我却传染了他那爱花的嗜好。但重到北平时，住在花事很盛的清华园里，接连过了三个春，却从未想到去看一回。只在第二年秋天，曾经和孙三先生在园里看过几次菊花。“清华园之菊”是著名的，孙三先生还特地写了一篇文，画了好些画。但那种一盆一干一花的养法，花是好了，总觉没有天然的风趣。直到去年春天，有了些余闲，在花开前，先向人问了些花的名字。一个好朋友是从知道姓名起的，我想看花也正是如此。恰好Y君也常来园中，我们一天三四趟地到那些花下去徘徊。如今Y君忙些，我便一个人去。我爱繁花老干的杏、临风婀娜的小红桃、贴梗累累如珠的紫荆；但最恋恋的是西府海棠。海棠的花繁得好，也淡得好；艳极了，却没有一丝荡意。疏疏的高干子，英气隐隐逼人。可惜没有趁着月色看过；王鹏运有两句词道：“只愁淡月朦胧影，难验微波上下潮。”我想月下的海棠花，大约便是这种光景吧。为了海棠，前两天在城里特地冒了大风到中山公园去，看花的人倒也不少；但不知怎的，却忘了畿辅先哲祠。Y告我那里的一株，遮住了大半个院子；别处的都向上长，这一株却是横里伸张的。花的繁没有法说；海棠本无香，昔人常以为恨，这里花太繁了，却酝酿出一种淡淡的香气，使人久闻不倦。Y告我，正是刮了一日还不息的狂风的晚上；他是前一天去的。他说他去时地上已有落花了，这一日一夜的风，准完了。他说北平看花，是要赶着看的：春光太短了，又晴的日子多；今年算是有阴的日子了，但狂风还是逃不了的。我说北平看花，比别处有意思，也正在此。这时候，我似乎不甚菲薄那一班诗人名士了。

一九三〇年四月

五味

汪曾祺 / 文

中国人口味之杂也。

山西人真能吃醋！几个山西人在北京下饭馆，坐定之后，还没有点菜，先把醋瓶子拿过来，每人喝了三调羹醋。邻座的客人直瞪眼。有一年我到太原去，快过春节了。别处过春节，都供应一点好酒，太原的油盐店却都贴出一个条子："供应老陈醋，每户一斤。"这在山西人是大事。

山西人还爱吃酸菜，雁北尤甚。什么都拿来酸，除了萝卜白菜，还包括杨树叶儿、榆树钱儿。有人来给姑娘说亲，当妈的先问，那家有几口酸菜缸。酸菜缸多，说明家底子厚。

辽宁人爱吃酸菜白肉火锅。

北京人吃羊肉酸菜汤下杂面。

福建人、广西人爱吃酸笋。我和贾平凹在南宁，不爱吃招待所的饭，到外面瞎吃。平凹一进门，就叫："老友面！""老友面"者，酸笋肉丝汆汤下面也，不知道为什么叫作"老友"。

傣族人也爱吃酸。酸笋炖鸡是名菜。

延庆山里夏天爱吃酸饭。把好好的饭焐酸了，用井拔凉水一和，呼呼地就下去了三碗。

都说苏州菜甜，其实苏州菜只是淡，真正甜的是无锡。无锡炒鳝糊放那么多糖！包子的肉馅里也放很多糖，没法吃！

四川夹沙肉用大片肥猪肉夹了喜沙蒸，广西芋头扣肉用大片肥猪肉夹芋泥蒸，都极甜，很好吃，但我最多只能吃两片。

广东人爱吃甜食。昆明金碧路有一家广东人开的甜品店，卖芝麻糊、绿豆沙，广东同学趋之若鹜。“番薯糖水”即用白薯切块熬的汤，这有什么好喝的呢？广东同学说：“好嘢！”

北方人不是不爱吃甜，只是过去糖难得。我家曾有老保姆，正定乡下人，六十多岁了。她还有个婆婆，八十几了。她有一次要回乡探亲，临行称了二斤白糖，说她的婆婆就爱喝个白糖水。

北京人很保守，过去不知苦瓜为何物，近年有人学会吃了。菜农也有种的了。农贸市场上有很好的苦瓜卖，属于“细菜”，价颇昂。

北京人过去不吃蕹菜，不吃木耳菜，近年也有人爱吃了。

北京人在口味上开放了！

北京人过去就知道吃大白菜。由此可见，大白菜主义是可以被打倒的。

北方人初春吃苣荬菜。苣荬菜分甜苣、苦苣，苦苣相当的苦。

有一个贵州的年轻女演员上我们剧团学戏，她的妈妈不远迢迢给她寄来一包东西，是“择耳根”，或名“则尔根”，即鱼腥草。她让我尝了几根。这是什么东西？苦，倒不要紧，它有一股强烈的生鱼腥味，实在招架不了！

剧团有一干部，是写字幕的，有时也管杂务。此人是个吃辣的专家。他每天中午饭不吃菜，吃辣椒下饭。全国各地的，少数民族的，各种辣椒，他都千方百计地弄来吃。剧团到上海演出，他帮助搞伙食，这下好，不会缺辣椒吃。原以为上海辣椒不好买，他下车第二天就找到一家专卖各种辣椒的铺子，上海人有一些是能吃辣的。

我们吃辣是在昆明练出来的，曾跟几个贵州同学在一起用青辣椒在火上烧烧，蘸盐水下酒。平生所吃辣椒之多矣，什么朝天椒、野山椒，都不在话下。我吃过最辣的辣椒是在越南。一九四七年，由越南转道往上海，在海防街头吃牛肉粉。牛肉极嫩，汤极鲜，辣椒极辣，一碗汤粉，放三四丝辣椒就辣得不行。这种辣椒的颜色是橘黄色的。在川北，听说有一种辣椒本身不能吃，用一根线吊在灶上，汤做得了，把辣椒在汤里涮涮，就辣得不得了。云南佤族有一种辣椒，叫"涮涮辣"，与川北吊在灶上的辣椒大概不分上下。

四川不能说是最能吃辣的省份，川菜的特点是辣而且麻——搁很多花椒。四川的小面馆的墙壁上黑漆大书三个字：麻辣烫。麻婆豆腐、干煸牛肉丝、棒棒鸡；不放花椒不行。花椒得是川椒，捣碎，菜做好了，最后再放。

周作人说他的家乡整年吃咸极了的咸菜和咸极了的咸鱼。浙东人确实吃得很咸。有个同学，是台州人，到铺子里吃包子，掰开包子就往里倒酱油。口味的咸淡和地域是有关系的，北京人说南甜北咸东辣西酸，大体不错。河北、东北人口重，福建菜多很淡。但这与个人的性格习惯也有关。湖北菜并不咸，但闻一多先生却嫌云南蒙自的菜太淡。

中国人过去对吃盐很讲究，如桃花盐、水晶盐，"吴盐胜雪"，现在全国都吃再制精盐。只有四川人腌咸菜还坚持用自贡产的井盐。

我不知道世界上还有什么国家的人爱吃臭。

我们一个同志到南京出差，他的爱人是南京人，嘱咐他带一点臭豆腐干回来。他千方百计居然办到了。带到火车上，引起一车厢的人强烈抗议。

除豆腐干外，面筋、百叶（千张）皆可臭。蔬菜里的莴苣、冬瓜、豇豆皆可臭。冬笋的老根咬不动，切下来随手就扔到臭坛子里——我们那里很多人家都有个臭坛子，一坛子“臭卤”，腌芥菜挤下的汁放几天即成“臭卤”。臭物中最特殊的是臭苋菜秆，苋菜长老了，主茎可粗如拇指，高三四尺，截成二寸许小段，入臭坛。臭熟后，外皮是硬的，里面的芯成果冻状。噙住一头，一吸，芯肉即入口中。这是佐粥的无上妙品。我们那里叫作“苋菜秸子”，湖南人谓之“苋菜咕”，因为吸起来“咕”的一声。

北京人说的臭豆腐指臭豆腐乳。过去是小贩沿街叫卖的：“臭豆腐，酱豆腐，王致和的臭豆腐。”臭豆腐就贴饼子，熬一锅虾米皮白菜汤，好饭！现在王致和的臭豆腐用很大的玻璃方瓶装，很不方便，一瓶一百块，得很长时间才能吃完，而且卖得很贵，成了奢侈品。我很希望这种包装能改进，一器装五块足矣。

我在美国吃过最臭的“气死”（干酪），洋人多闻之掩鼻，对我说起来实在没有什么，比臭豆腐差远了。

甚矣，中国人口味之杂也，敢说堪为世界之冠。

伍

也无风雨
也无晴

故都的秋

郁达夫 / 文

北国的秋，特别地来得清，来得静，来得悲凉。

秋天，无论在什么地方的秋天，总是好的；可是啊，北国的秋，却特别地来得清，来得静，来得悲凉。我的不远千里，要从杭州赶上青岛，更要从青岛赶上北平来的理由，也不过想饱尝一尝这“秋”，这故都的秋味。

江南，秋当然也是有的；但草木凋得慢，空气来得润，天的颜色显得淡，并且又时常多雨而少风；一个人夹在苏州、上海、杭州，或厦门、香港、广州的市民中间，浑浑沌沌地过去，只能感到一点点清凉，秋的味，秋的色，秋的意境与姿态，总看不饱，尝不透，赏玩不到十足。秋并不是名花，也并不是美酒，那一种半开，半醉的状态，在领略秋的过程上，是不合适的。

不逢北国之秋，已将近十余年了。在南方每年到了秋天，总要想起陶然亭的芦花，钓鱼台的柳影，西山的虫唱，玉泉的夜月，潭柘寺的钟声。在北平即使不出门去吧，就是在皇城人海之中，租人家一椽破屋来住着，早晨起来，泡一碗浓茶，向院子一坐，你也能看得到很高很高的碧绿的天色，听得到青天下驯鸽的飞声。从槐树叶底，朝东细数着一丝一丝漏下来的日光，或在破壁腰中，静对着像喇叭似的牵牛花（朝荣）的蓝朵，自然而然地也能够感觉到十分的秋意。说到了牵牛花，我以为以蓝色或白色者为佳，紫黑色次之，淡红色最下。最好，还要在牵牛花底，教长着几根疏疏落落的尖细且长的秋草，使作陪衬。

北国的槐树，也是一种能使人联想起秋来的点缀。像花而又不是花的那一种落蕊，早晨起来，会铺得满地。脚踏上去，声音也没有，气味也没有，只能感出一点点极微细极柔软的触觉。扫街的在树影下一阵扫后，灰土上留下来的一条条扫帚的丝纹，看起来既觉得细腻，又觉得清闲，潜意识下并且还觉得有点儿落寞，古人所说的“梧桐一叶而天下知秋”的遥想，大约也就在这些深沉的地方。

秋蝉的衰弱的残声，更是北国的特产；因北平处处全长着树，屋子又低，所以无论在什么地方，都听得见它们的啼唱。在南方是非要上郊外或山上去才听得到的。这秋蝉的嘶叫，在北平可和蟋蟀、耗子一样，简直像是家家户户都养在家里的家虫。

还有秋雨哩，北方的秋雨，也似乎比南方的下得奇，下得有味，下得更像样。

在灰沉沉的天底下，忽而来一阵凉风，便息列索落地下起雨来了。一层雨过，云渐渐地卷向了西去，天又晴了，太阳又露出脸来了。看着很厚的青布单衣或夹袄的都市闲人，咬着烟管，在雨后的斜桥影里，上桥头树底下去一立，遇见熟人，便会用了缓慢悠闲的声调，微叹着互答着地说：“唉，天可真凉了——”（这了字念得很高，拖得很长。）“可不是吗？一层秋雨一层凉了！”

北方人念“阵”字，总老像是“层”字，平平仄仄起来，这念错的歧韵，倒来得正好。

北方的果树，到秋来，也是一种奇景。第一是枣子树；屋角、墙头、茅房边上，灶房门口，它都会一株株地长大起来。像橄榄又像鸽蛋似的这枣子颗儿，在小椭圆形的细叶中间，显出淡绿微黄的颜色的时候，正是秋的全盛时期；等枣树叶落，枣子红完，西北风就要起来了。北方便是尘沙灰土的世界，只有这枣子、柿子、葡萄，成熟到八九分的七八月之交，是北国的清秋的佳日，是一年之中最好也没有的Golden Days[①]。

有些批评家说，中国的文人学士，尤其是诗人，都带着很浓厚的颓废色彩，所以中国的诗文里，颂赞秋的文字特别的多。但外国的诗人何尝不然？我虽则外国诗文念得不多，也不想开出账来，做一篇秋的诗歌散文钞，但你若去一翻英德法意等诗人的集子，或各国的诗文的Anthology[②]来，总能够看到许多关于秋的歌颂与悲啼。各著名的大诗人的长篇田园诗或四季诗里，也总以关于秋的部分，写得最出色而最有味。

足见有感觉的动物，有情趣的人类，对于秋，总是一样的能特别引起深沉，幽远，严厉，萧索的感触来的。不单是诗人，就是被关闭在牢狱里的囚犯，到了秋天，我想也一定会感到一种不能自已的深情；秋之于人，何尝有国别，更何尝有人种阶级的区别呢？不过在中国，文字里有一个“秋士”的成语，读本里又有着很普遍的欧阳子的

---

① 译为“黄金岁月”。

② 译为“选集”。

《秋声》与苏东坡的《赤壁赋》等，就觉得中国的文人，与秋的关系特别深了。可是这秋的味，尤其是中国的秋的深味，非要在北方，才感受得到底。

南国之秋，当然是也有它的特异的地方的，比如二十四桥的明月，钱塘江的秋潮，普陀山的凉雾，荔枝湾的残荷等，可是色彩不浓，回味不永。比起北国的秋来，正像是黄酒之与白干，稀饭之与馍馍，鲈鱼之与大蟹，黄犬之与骆驼。

秋天，这北国的秋天，若留得住的话，我愿把寿命的三分之二折去，换得一个三分之一的零头。

白马湖之冬

夏丏尊 / 文

下雪的日子所日常领略的冬的情味，几乎都从风来。

在我过去四十余年的生涯中，冬的情味尝得最深刻的，要算十年前初移居白马湖的时候了。十年以来，白马湖已成了一个小村落，当我移居的时候，还是一片荒野。春晖中学的新建筑巍然矗立于湖的那一面，湖的这一面的山脚下是小小的几间新平屋，住着我和刘君心如两家。此外两三里内没有人烟。一家人于阴历十一月下旬从热闹的杭州移居这荒凉的山野，宛如投身于极带中。

那里的风，差不多日日有的，呼呼作响，好像虎吼。屋宇虽系新建，构造却极粗率，风从门窗隙缝中来，分外尖削，把门缝窗隙厚厚地用纸糊了，椽缝中却仍有透入。风刮得厉害的时候，天未夜就把大门关上，全家吃毕夜饭即睡入被窝里，静听寒风的怒号、湖水的澎湃。靠山的小后轩，算是我的书斋，在全屋子中风最少的一间，我常把头上的罗宋帽拉得低低的，在洋灯下工作至夜深。松涛如吼，霜月当窗，饥鼠吱吱在承尘上奔窜。我于这种时候深感到萧瑟的诗趣，常独自拨划着炉灰，不肯就睡，把自己拟诸山水画中的人物，作种种幽邈的遐想。

现在白马湖到处都是树木了，当时尚一株树木都未种。月亮与太阳都是整个儿的，从上山起直要照到下山为止。太阳好的时候，只要不刮风，那真和暖得不像冬天。一家人都坐在庭间曝日，甚至于吃午饭也在屋外，像夏天的晚饭一样。日光晒到哪里，就把椅凳移到哪里，忽然寒风来了，只好逃难似的各自带了椅凳逃入室中，急急把门关上。在平常的日子，风来大概在下午快要傍晚的时候，半夜即息。至于大风寒，那是整日夜狂吼，要二三日才止的。最严寒的几天，泥地看去惨白如水门汀，山色冻得发紫而黯，湖波泛深蓝色。

下雪原是我所不憎厌的，下雪的日子，室内分外明亮，晚上差不多不用燃灯。远山积雪足供半个月的观看，举头即可从窗中望见。可是究竟是南方，每冬下雪不过一二次。我在那里所日常领略的冬的情味，几乎都从风来。白马湖的所以多风，可以说有着地理上的原因。那里环湖都是山，而北首却有一个半里阔的空隙，好似故意张了袋口欢迎风来的样子。白马湖的山水和普通的风景地相差不远，唯有风却与别的地方不同。风的多和大，凡是到过那里的人都知道的。风在冬季的感觉中，自古占有重要的因素，而白马湖的风尤其特别。

现在，一家僦居上海多日了，偶然于夜深人静时听到风声，大家就要提起白马湖来，说“白马湖不知今夜又刮得怎样厉害哩”！

原载一九三三年十二月《中学生》第四〇号

天真与经验

梁遇春 / 文

我们把无知误解作天真，不晓得从经验里突围而出的天真才是可贵的。

天真和经验好像是水火不相容的东西。我们常以为只有什么经验也没有的小孩子才会天真，他那位饱历沧桑的爸爸是得到经验，而失掉天真了。可是，天真和经验实在并没有这样子不共戴天，它们俩倒很常是聚首一堂。英国最伟大的神秘诗人勃来克[1]著有两部诗集:《天真的歌》(*Songs of Innocence*)同《经验的歌》(*Songs of Experience*)。在《天真的歌》里，他无忧无虑地信口唱出晶莹甜蜜的诗句，他简直是天真的化身，好像不晓得世上是有龌龊的事情的。然而在《经验的歌》里，他把人情的深处用简单的辞句表现出来，真是找不出一个比他更有世故的人了，他将伦敦城里扫烟囱小孩子的穷苦，娼妓的厄运说得辛酸凄迷，可说是看尽人间世的烦恼。可是他始终仍然是那么天真，他还是常常亲眼看见天使；当他的工作没有做得满意时候，他就同他的妻子双双跪下，向上帝祈祷。他快死的前几天，那时他结婚已经有四十五年了，一天他看着他的妻子，忽然拿起铅笔叫道:“别动！在我眼里你一向是一个天使，我要把你画下。”他就立刻画出她

① 今译布莱克（1757—1827），英国诗人、版画家。

的相貌。这是多么天真的举动。尖酸刻毒的斯惠夫特[1]写信给他那两位知心的女人时候，的确是十足的孩子气，谁去念*The Journal to Stella*[2]这部书信集，也不会想到写这信的人就是*Gulliver's Travels*[3]的作者。斯蒂芬生[4]在他的小品文集《贻青年少女》(*Virginibus Puerisque*)中，说了许多世故老人的话，尤其是对于婚姻，讲有好些叫年轻的爱人们听着会灰心的冷话。但是他却没有失丢了他的童心，他能够用小孩子的心情去叙述海盗的故事，他又能借小孩子的口气，著出一部《小孩的诗园》(*A Child's Garden of Verses*)，里面充满着天真的空气，是一本儿童文学的杰作。可见确然吃了知识的果，还是可以在乐园里逍遥到老。我们大家并不是个个人都像亚当先生那么不幸。

也许有人会说，这班诗人们的天真是装出来的，最少总有点做作的痕迹，不能像小孩子的天真那么浑脱自然，毫无机心。但是，我觉得小孩子的天真是靠不住的，好像个很脆的东西，经不起现实的接触。并且当他们才发现出人情的险诈同世路的崎岖时候，他们会非常震惊，因此神经过敏地以为世上除开计较得失利害外是没有别的东西的，柔嫩的心或者就这么麻木下去，变成个所谓值得父兄赞美的少年老成人了。他们从前的天真是出于无知，值不得什么赞美的，更值不得我们欣羡。桌子是个一无所知的东西，它既不晓得骗人，更不会去

---

① 今译斯威夫特(1667—1745)，英国作家。

②《致斯泰拉日记》。

③《格列佛游记》。

④ 今译斯蒂文森(1850—1894)，英国小说家。

骗人，为什么我们不去颂扬桌子的天真呢？小孩子的天真跟桌子的天真并没有多大的分别。至于那班已坠世网的人们的天真就大不同了。他们阅历尽人世间的纷扰，经过了许多得失哀乐，因为看穿了鸡虫得失的无谓，又知道在太阳底下是难逢笑口的，所以肯将一切利害的观念丢开，来任口说去，任性做去，任情去欣赏自然界的快乐。他们以为这样子痛快地活着才是值得的。他们把机心看作是无谓的虚耗，自然而然会走到忘机的境界了。他们的天真可说是被经验锻炼过了，仿佛像在八卦炉里蹲过，做成了火眼金睛的孙悟空。人世的波涛再也不能将他们的天真卷去，他们真是“世路如今已惯，此心到处悠然”，这种悠然的心境既然成为习惯，习惯又成天然，所以他们的天真也是浑脱一气，没有刀笔的痕迹的。这个建在理智上面的天真绝非无知的天真所可比拟的，从无知的天真走到这个超然物外的天真，这就全靠着个人的生活艺术了。

忽然记起我自己去年的生活了，那时我同G常作长夜之谈。有一晚电灯灭后，蜡烛上时，我们搓着睡眼，重新燃起一斗烟来，就谈着年轻人所最爱谈的题目——理想的女人。我们不约而同地说道，最可爱的女子是像卖解、女优、歌女等这班风尘人物里面的痴心人。她们流落半生，看透了一切世态，学会了万般敷衍的办法，跟人们好似是绝不会有情的，可是若使她们真真爱上了一个情人，她们的爱情比一般的女子是强万万倍的。她们不像没有跟男子接触过的女子那样盲目，口是心非的甜言蜜语骗不了她们，暗地皱眉的热烈接吻瞒不过她们的慧眼，她们一定要得到了个一往情深的爱人，才肯来永不移情地心心相托。她们对于爱人所以会这么苛求，全因为她们自己是恳挚万分。至于那班没有经验的女子，她们常常只听到几句无聊的卿卿我我，就以为是了不得了，她们的爱情轻易地结下，将来也就轻易地勾销，这哪里可以算作生生死死的深情。不出闺门的女子只有无知，很难有颠扑不破的天真，同由世故的熔炉里铸炼出来的热情。数十年来我们把女子关在深闺里，不给她们一个得到经验的机会，既然没有经验来锻炼，她们当然不容易有个强毅的性格，我们又来怪她们的杨花水性，说了许多混话，这真是太冤枉了。我们把无知误解作天真，不晓得从经验里突围而出的天真才是可贵的，因此上造了这九州大错，这又要怪谁呢？

没有尝过穷苦的人们是不懂得安逸的好处的，没有感到人生的寂寞的人们是不能了解爱的价值的，同样地未曾有过经验的孺子是不知道天真之可贵的。小孩子一味天真，糊糊涂涂地过日，对于天真并未曾加以认识，所以不能做出天真的诗歌来，笨大的爸爸们尝遍了各种滋味，然后再洗涤俗虑，用锻炼过后的赤子之心来写诗歌，却做出最可喜的儿童文学，在这点上就可以看出人世的经验对于我们是最有益的东西了。老年人所以会和蔼可亲也是因为他们受过了经验的洗礼。必定要对于人世上万物万事全看淡了，然后对于一二件东西的留恋才会倍见真挚动人。宋诗里常有这种意境，欧阳永叔的“棋罢不知人换世，酒阑无奈客思家”同苏长公的“存亡惯见浑无泪，乡井难忘尚有心”全能够表现出这种依依的心情。虽然把人世存亡全置之度外，漠然无动于衷。但是对于客子的思家同自己的多愁仍然是有些牵情。这种怅惘的情怀是多么清新可喜，我们读起来觉得比处处留情的才子们的滥情是高明得多，这全因为他们的情绪受过了一次蒸馏。从经验里出来的天真会那么带着诗情也是为着同样的缘故。

蔼里斯[①]在他的杰作《性的心理的研究》第六卷里说道："就说我们承认看着裸体会激动了热情，这个激动还是好的，因为它引起我们的一种良好习惯——自制。为着恐怕有些东西对于我们会有引诱的能力，就赶紧跑到沙漠去住，这也可说是一种可怜的道德了。我们应当知道在文化当中故意去创造出一个沙漠来包围自己，这种举动是比别的要更坏得多了。我们无法去丢热情，即使我们有这个决心；何尔巴哈[②]说得好，理智是教人这样拣择正当的热情，教育是教人们怎样把正当的热情种植培养在人心里面。观看裸体有一个精神上的价值，那可以教我们学会去欣赏我们没有占有着的东西，这个教训是一切良好的社会生活的重要预备训练：小孩子应当学到看见花，而不想去采它；男人应当学到看见着一个女人的美，而不想占有她。"我们所说的天真常是躲在沙漠里，远隔人世的引诱这类的天真。经验陶冶后的天真是见花不采，看到美丽的女人，不动枕席之念的天真。

人世是这么百怪千奇，人命是这样他生未卜，这个千载一时的看世界机会实在不容错过，绝不可误解了天真意味，把好好的人儿囚禁起来，使他草草地过了一生，并没有尝到做人的意味，而且也不懂得天真的真意了。这种活埋的办法绝非上帝造人的本意，上帝是总有一天会跟这班刽子手算账的。我们还是别当刽子手好吧，何苦手上染着女人小孩子的血呢！

---

① 今译埃利斯（1814—1890），英国音乐学家。

② 今译费尔巴哈（1804—1872），德国哲学家。

忙

老舍 / 文

情书往往成为真正的文学，正在情理之中。

近来忙得出奇。恍忽之间，仿佛看见一狗，一马，或一驴，其身段神情颇似我自己；人兽不分，忙之罪也！

每想随遇而安，贫而无谄，忙而不怨。无谄已经做到；无论如何不能欢迎忙。

这并非想偷懒。真理是这样：凡真正工作，虽流汗如浆，亦不觉苦。反之，凡自己不喜做，而不能不做，做了又没什么好处者，都使人觉得忙，且忙得头疼。想当初，苏格拉底终日奔忙，而忙得从容，结果成了圣人；圣人为真理而忙，故不手慌脚乱。即以我自己说，前年写《离婚》的时候，本想由六月初动笔，八月十五交卷。及至拿起笔来，天气热得老在九十度以上，心中暗说不好。可是写成两段以后，虽腕下垫吃墨纸以吸汗珠，已不觉得怎样难受了。“七”月十五日居然把十二万字写完！因为我爱这种工作哟！我非圣人，也知道真忙与瞎忙之别矣。

所谓真忙，如写情书，如种自己的地，如发现九尾彗星，如在灵感下写诗作画，虽废寝忘食，亦无所苦。这是真正的工作，只有这种工作才能产生伟大的东西与文化。人在这样忙的时候，把自己已忘掉，眼看的是工作，心想的是工作，做梦梦的是工作，便无暇计及利害金钱等等了；心被工作充满，同时也被工作洗净，于是手脚越忙，心中越安怡，不久即成圣人矣。情书往往成为真正的文学，正在情理之中。

所谓瞎忙，表面上看来是热闹非常，其实呢它使人麻木，使文化退落，因为忙得没意义，大家并不愿做那些事，而不敢不做；不做就没饭吃。在这种忙乱情形中，人们像机器般的工作，忙完了一饱一睡，或且未必一饱一睡，而半饱半睡。这里，只有奴隶，没有自由人；奴隶不会产生好的文化。

这种忙乱把人的心杀死，而身体也不见得能健美。它使人恨工作，使人设尽方法去偷油儿。我现在就是这样，一天到晚在那儿做事，全是我不爱做的。我不能不去做，因为眼前有个饭碗；多咱我手脚不动，那个饭碗便啪的一声碎在地上！我得努力呀，原来是为那个饭碗的完整，多么高伟的目标呀！试观今日之世界，还不是个饭碗文明！

因此，我羡慕苏格拉底，而恨他的时代。苏格拉底之所以能忙成个圣人，正因为他的社会里有许多奴隶。奴隶们为苏格拉底做工，而苏格拉底们乃得忙其所乐意忙者。这不公道！在一个理想的文化中，必能人人工作，而且乐意工作，即便不能完全自由，至少他也不完全被责任压得翻不过身来，他能把眼睛从饭碗移开一会儿，而不至立刻啪的一声打个粉碎。

在这样的社会里，大家才会真忙，而忙得有趣，有成绩。在这里，懒是一种惩罚；三天不做事会叫人疯了；想想看，灵感来了，诗已在肚中翻滚，而三天不准他写出来，或连哼哼都不许！懒，在现在的社会里，是必然的结果，而且不比忙坏；忙出来的是什么？那么，懒又有什么不可以呢？

世界上必有那么一天，人类把忙从工作中赶出去，人家都晓得，都觉得，工作的快乐，而越忙越高兴；懒还不仅是一种羞耻，而是根本就受不了的。自然，我是看不到那样的社会了；我只能在忙得——瞎忙——要哭的时候这么希望一下吧。

原载一九三五年六月三十日
天津《益世报·益世小品》

没有勇气不行

梁漱溟 / 文

智也，勇也，都不外其生命之伟大高强处，原是一回事而非二。

没有智慧不行，没有勇气也不行。我不敢说有智慧的人一定有勇气；但短于智慧的人，大约也没有勇气，或者其勇气亦是不足取的。怎样是有勇气？不为外面威力所慑，视任何强大势力若无物，担荷任何艰巨工作而无所怯……没勇气的人，容易看重既成的局面，往往把既成的局面看成是一不可改的。说到这里，我们不得不敬佩孙中山先生，他是一个有大勇的人。没有疯狂似的巨胆勇气，他是不可能开创出当时的新格局的。然而没有智慧，则此想亦不能发生。他何以不为强大无比的清朝所慑服呢？他并非不知其强大；但同时他知此原非定局，而是可以变的。他何以不自看渺小？他晓得是可以增长起来的。这便是他的智慧。有此观察理解，则其勇气更大。而正唯其有勇气，心思乃益活泼敏妙。智也，勇也，都不外其生命之伟大高强处，原是一回事而非二。反之，一般人气慑，则思呆也。所以说没有勇气不行。无论什么事，你总要看他是可能的，不是不可能的。无论如何艰难巨大的工程，你总要“气吞事”，而不是被事慑着你。

最苦与最乐

梁启超 / 文

人生须知道有负责任的苦处，才能知道有尽责任的乐处。

人生什么事最苦呢？贫吗？不是。失意吗？不是。老吗？死吗？都不是。我说人生最苦的事，莫苦于身上背着一种未了的责任。

人若能知足，虽贫不苦；若能安分（不多作分外希望），虽然失意不苦；老、死乃人生难免的事，达观的人看得很平常，也不算什么苦。独是凡人生在世间一天，便有一天应该做的事。该做的事没有做完，便像是有几千斤重的担子压在肩头，再苦是没有的了。为什么呢？因为受那良心责备不过，要逃躲也没处逃躲呀！

答应人办一件事没有办，欠了人的钱没有还，受了人的恩惠没有报答，得罪了人没有赔礼，这就连这个人的面也几乎不敢见他；纵然不见他的面，睡里梦里，都像有他的影子来缠着我。为什么呢？因为觉得对不住他呀！因为自己对他的责任，还没有解除呀！不独是对于一个人如此，就是对于家庭、对于社会、对于国家，乃至对于自己，都是如此。凡属我受过他好处的人，我对于他便有了责任。凡属我应该做的事，而且力量能够做得到的，我对于这件事便有了责任。凡属我自己打主意要做一件事，便是现在的自己和将来的自己立了一种契约，便是自己对于自己加一层责任。有了这责任，那良心便时时刻刻监督在后头，一日应尽的责任没有尽，到夜里头便是过的苦痛日子；一生应尽的责任没有尽，便死也带着苦痛往坟墓里去。这种苦痛却比不得普通的贫、困、老、死，可以达观排解得来。所以我说，人生没有苦痛便罢；若有苦痛，当然没有比这个更重的了。

反过来看，什么是最快乐的呢？自然责任完了，算是人生第一件乐事。古语说得好："如释重负。"俗语亦说是："心上一块石头落了地。"人到这个时候，那种轻松愉快，真是不可以言语形容。责任越重大，负责的日子越久长，到责任完了时，海阔天空，心安理得，那快乐还要加几倍哩！大抵天下事，从苦中得来的乐，才算真乐。人生须知道有负责任的苦处，才能知道有尽责任的乐处。这种苦乐循环，便是这有活力的人间一种趣味。不尽责任，受良心责备，这些苦都是自己找来的。一翻过去，处处尽责任，便处处快乐；时时尽责任，便时时快乐。快乐之权，操之在己。孔子所以说"无入而不自得"，正是这种作用。

然则为什么孟子又说"君子有终身之忧"呢？因为越是圣贤豪杰，他负的责任越是重大；而且他常要把这种种责任来揽在身上，肩头的担子从没有放下的时节。曾子还说哩："任重而道远""死而后已，不亦远乎？"那仁人志士的忧民忧国，那诸圣诸佛的悲天悯人，虽说他是一辈子感受苦痛，也都可以。但是他日日在那里尽责任，便日日在那里得苦中真乐，所以他到底还是乐，不是苦呀！

有人说："既然这苦是从负责任而生的，我若是将责任卸却，岂不就永远没有苦了吗？"这却不然，责任是要解除了才没有，并不是卸了就没有。人生若能永远像两三岁小孩，本来没有责任，那就本来没有苦。到了长成，那责任自然压在你的肩头上，如何能躲？不过有大小的分别罢了。尽得大的责任，就得大快乐；尽得小的责任，就得小快乐。你若是要躲，倒是自投苦海，永远不能解除了。

原载《时事新报·学灯》
一九二二年八月十二日

对照情境

张恨水 / 文

天下何处不如此。

冬至矣，乃苦念北平。未至北平者，辄以北平之寒可怕。未知北平之寒，亦大有可爱处。试想四合院中，庭树杈丫，略有微影。积雪铺地，深可尺许。平常人家，北房窗户，玻璃窗板，宽均数尺，擦抹使无纤尘。当此之时，雪反射清光入室，柔和洞明。而室中火炉狂燃，暖如季春。案几之间，或置盆景数事，生趣盎然。虽着薄棉，亦无寒意。隔窗看户外一片银装玉琢，心地便觉平坦舒适。若得小斋，稍事布置，俗所谓窗明几净者，唯能于此际求之耳。

自然，雪非人人可赏者。冷眼旁观，则此项舒适反映，亦北平最烈。当满城风雪，街道入荒凉世界时，街旁羊肉火锅馆，正生意鼎盛。富家儿身拥重裘，乘御寒轿车，碾街上积雪作浪花飞，驰至门首。掀棉门帘而入，则百十具铜火锅，成排罗列店堂中，炭烟蒸汽，团结半空，堂中闷热不可当，亟卸皮裘，挽艳装少妇而趋入雅座。此等店门悉以玻璃为之，内外透视。则有窭人子身披败絮，肩上加以粗麻米袋，瑟缩门下，隔玻璃内窥，冀得半碗残汁。而雪花飞粘其枯发上冻结不化，银饰星缀。视其面，则紫而且乌，清涕自鼻中陆续渗出。同为人子，一门之隔，悬殊若是。然记得当年，固无人稍稍注意也。

虽然，此并不足为北平病，天下何处不如此。草此文十分钟前，见溪上小路，一滑竿抬过。抬前杠者，为一老人，鸠形鹄面，须蓬蓬如乱草，汗流如雨，气喘吁吁。而坐竿上者则西装壮汉，方闲眺野趣，口作微歌。此与北平羊肉馆前小景，又相较如何乎？

刊于一九四六年十二月出版

多鼠斋杂谈

老舍 / 文

同情弱者的表示可也许是“夫子自道也”。

一、戒酒

并没有好大的量，我可是喜欢喝两杯儿。因吃酒，我交下许多朋友——这是酒的最可爱处。大概在有些酒意之际，说话做事都要比平时豪爽真诚一些，于是就容易心心相印，成为莫逆。人或者只在“喝了”之后，才会把专为敷衍人用的一套生活八股抛开，而敢露一点锋芒或“谬论”——这就减少了我脸上的俗气，看着红扑扑的，人有点样子！

自从在社会上做事至今的二十五六年中，虽不记得一共醉过多少次，不过，随便的一想，便颇可想起“不少”次丢脸的事来。所谓丢脸者，或者正是给脸上增光的事，所以我并不后悔。酒的坏处并不在撒酒疯，得罪了正人君子——在酒后还无此胆量，未免就太可怜了！酒的真正的坏处是它伤害脑子。

“李白斗酒诗百篇”是一位诗人赠另一位诗人的夸大的谀赞。据我的经验，酒使脑子麻木、迟钝，并不能增加思想产物的产量。即使有人非喝醉不能作诗，那也是例外，而非正常。在我患贫血病的时候，每喝一次酒，病便加重一些；未喝的时候若患头“昏”，喝过之后便改为“晕”了，那妨碍我写作！

对肠胃病更是死敌。去年，因医治肠胃病，医生严嘱我戒酒。从去岁十月到如今，我滴酒未入口。

不喝酒，我觉得自己像哑巴了：不会嚷叫，不会狂笑，不会说话！啊，甚至于不会活着了！可是，不喝也有好处，肠胃舒服，脑袋昏而不晕，我便能天天写一二千字！虽然不能一口气吐出百篇诗来，可是细水长流地写小说倒也保险；还是暂且不破戒吧！

二、戒烟

戒酒是奉了医生之命，戒烟是奉了法弊的命令。什么？劣如“长刀”也卖百元一包？老子只好咬咬牙，不吸了！

从二十二岁起吸烟，至今已有一世纪的四分之一。这二十五年养成的习惯，一旦戒除可真不容易。

吸烟有害并不是戒烟的理由。而且，有一切理由，不戒烟是不成。戒烟凭一点“火儿”。那天，我只剩了一支“华丽”。一打听，它又长了十块！三天了，它每天长十块！我把这一支吸完，把烟灰碟擦干净，把洋火放在抽屉里。我“火儿”啦，戒烟！

没有烟，我写不出文章来。二十多年的习惯如此。这几天，我硬撑！我的舌头是木的，嘴里冒着各种滋味的水，嗓门子发痒，太阳穴微微地抽着疼！——顶要命的是脑子里空了一块！不过，我比烟要更厉害些：尽管你小子给我以各样的毒刑，老子要挺一挺给你看看！

毒刑夹攻之后，它派来会花言巧语的小鬼来劝导："算了吧，也总算是个老作家了，何必自苦太甚！况且天气是这么热；要戒，等到秋凉，总比较的要好受一点呀！"

"去吧！魔鬼！咱老子的一百元就是不再买又霉、又臭、又硬、又伤天害理的纸烟！"

今天已是第六天了，我还撑着呢！长篇小说没法子继续写下去，谁管它！除非有人来说："我每天送你一包'骆驼'，或二十支'华福'，一直到抗战胜利为止！"我想我大概不会向"人头狗"和"长刀"什么的投降的！

三、戒茶

我既已戒了烟酒而半死不活，因思莫若多加几种，爽性快快地死了倒也干脆。

谈再戒什么呢？

戒荤吗？根本用不着戒，与鱼不见面者已整整二年，而猪羊肉近来也颇疏远。还敢说戒？平价之米，偶而有点油肉相佐，使我绝对相信肉食者"不鄙"！若只此而戒除之，则腹中全是平价米，而人也快变为平价人，可谓"鄙"矣！不能戒荤！

必不得已，只好戒茶。

我是地道中国人，咖啡、蔻蔻、汽水、啤酒，皆非所喜，而独喜茶。有一杯好茶，我便能万物静观皆自得。烟、酒虽然也是我的好友，但它们都是男性的——粗莽、热烈、有思想，可也有火气——未若茶之温柔、雅洁，轻轻地刺激，淡淡地相依；茶是女性的。

我不知道戒了茶还怎样活着，和干吗活着。但是，不管我愿意不愿意，近来茶价的增高已教我常常起一身小鸡皮疙瘩！

茶本来应该是香的，可是现在三十元一两的香片不但不香，而且有一股子咸味！为什么不把咸蛋的皮泡泡来喝，而单去买咸茶呢？六十元一两的可以不出咸味，可也不怎么出香味，六十元一两啊！谁知道明天不就又长一倍呢！

恐怕呀，茶也得戒！我想，在戒了茶以后，我大概就有资格到西方极乐世界去了——要去就抓早儿，别把罪受够了再去！想想看，茶也须戒！

四、猫的早餐

多鼠斋的老鼠并不见得比别家的更多，不过也不比别处的少就是了。前些天，柳条包内，棉袍之上，毛衣之下，又生了一窝。

没法不养只猫子了，虽然明知道一买又要一笔钱，“养”也至少须费些平价米。

花了二百六十元买了只很小很丑的小猫来。我很不放心。单从身长与体重说，厨房中的老一辈的老鼠会一日咬两只这样的小猫的。我们用麻绳把咪咪拴好，不光是怕它跑了，而是怕它不留神碰上老鼠。

我们很怕咪咪会活不成的，它是那么瘦小，而且终日那么团着身哆里哆嗦的。

人是最没办法的动物，而他偏偏爱看不起别的动物，替它们担忧。

吃了几天平价米和煮苞谷，咪咪不但没有死，而且欢蹦乱跳的了。它是个乡下猫，在来到我们这里以前，它连米粒与苞谷粒大概也没吃过。

我们总觉得有点对不起咪咪——没有鱼或肉给它吃，没有牛奶给它喝。猫是食肉动物，不应当吃素！

可是，这两天，咪咪比我们都要阔绰了；人才真是可怜虫呢！昨天，我起来相当的早，一开门咪咪骄傲地向我叫了一声，右爪按着个已半死的小老鼠。咪咪的旁边，还放着一大一小的两个死蛙——也是咪咪咬死的，而不屑于去吃，大概死蛙的味道不如老鼠的那么香美。

我怔住了，我须戒酒、戒烟、戒茶，甚至要戒荤，而咪咪——会有两只蛙，一只老鼠作早餐！说不定，它还许已先吃过两三个蚱蜢了呢！

五、最难写的文章

或问：什么文章最难写？

答：自己不愿意写的文章最难写。比如说：邻居二大爷年七十，无疾而终。二大爷一辈子吃饭穿衣，喝两杯酒，与常人无异。他没立过功，没立过言。他少年时是个连模样也并不惊人的少年，到老年也还是个平平常常的老人，至多，我只能说他是个安分守己的好公民。可是，文人的灾难来了！二大爷的儿子——大学毕业，现在官居某机关科员——送过来讣文，并且诚恳地请赐挽词。我本来有两句可以赠给一切二大爷的挽词："你死了不能再见，想起来好不伤心！"可是我不敢用它来搪塞二大爷的科员少爷，怕他说我有意侮辱他的老人。我必须另想几句——近邻，天天要见面，假若我决定不写，科员少爷会恼我一辈子的。可是，老天爷，我写什么呢？

在这很为难之际，我真佩服了从前那些专凭作挽诗寿序挣吃饭的老文人了！你看，还以二大爷这件事为例吧，差不多除了扯谎，我简直没法写出一个字。我得说二大爷天生的聪明绝顶，可是还"别"说他虽聪明绝顶，而并没著过书，没发明过什么东西，和他在算钱的时候总是脱了袜子的。是的，我得把别人的长处硬派给二大爷，而把二大爷的短处一字不题。这不是作诗或写散文，而是替死人来骗活人！我写不好这种文章，因为我不喜欢扯谎。

在挽诗与寿序等而外，就得算"九一八""双十"与"元旦"什么的最难写了。年年有个元旦，年年要写元旦，有什么好写呢？每逢接到报馆为元旦增刊征文的通知，我就想这样回复："死去吧！省得年年教我吃苦！"可是又一想，它死了岂不又须作挽联啊？于是只好按住心头之火，给它拼凑几句——这不是我做文章，而是文章做我！说到这里，相应提出"救救文人！"的口号，并且希望科员少爷与报馆编辑先生网开一面，叫小子多活两天！

六、最可怕的人

我最怕两种人：第一种是这样的——凡是他所不会的，别人若会，便是罪过。比如说：他自己写不出幽默的文字来，所以他把幽默文学叫作文艺的脓汁，而一切有幽默感的文人都该加以破坏抗战的罪过。他不下一番功夫去考查考查他所攻击的东西到底是什么，而只因为他自己不会，便以为那东西该死。这是最要不得的态度，我怕有这种态度的人，因为他只会破坏，对人对己都全无好处。假若他做公务员，他便只有忌妒，甚至因忌妒别人而自己去做汉奸；假若他是文人，他便也只会忌妒，而一天到晚浪费笔墨，攻击别人，且自鸣得意，说自己颇会批评——其实是扯淡！这种人乱骂别人，而自己永不求进步；他污秽了批评，且使自己的心里堆满了尘垢。

第二种是无聊的人。他的心比一个小酒盅还浅，而面皮比墙还厚。他无所知，而自信无所不知。他没有不会干的事，而一切都莫名其妙。他的谈话只是运动运动唇齿舌喉，说不说与听不听都没有多大关系。他还在你正在工作的时候来"拜访"。看你正忙着，他赶快就说，不耽误你的工夫。可是，说罢便安然坐下了——两个钟头以后，他还在那儿坐着呢！他必须谈天气、谈空袭、谈物价，而且随时给你教训："有警报还是躲一躲好！"或是"到八月节物价还要涨！"他的这些话无可反驳，所以他会百说不厌，视为真理。我真怕这种人，他耽误了我的时间，而自杀了他的生命！

七、衣

对于英国人，我真佩服他们的穿衣服的本领。一个有钱的或善交际的英国人，每天也许要换三四次衣服。开会、看赛马、打球、跳舞……都须换衣服。据说：有人曾因穿衣脱衣的麻烦而自杀。我想这个自杀者并不是英国人。英国人的忍耐性使他们不会厌烦“穿”和“脱”，更不会使他们因此而自杀。

我并不反对穿衣要整洁，甚至不反对衣服要漂亮美观。可是，假若教我一天换几次衣服，我是也会自杀的。想想看，系纽扣解纽扣，是多么无聊的事！而纽扣又是那么多，那么不灵敏，那么不起好感，假若一天之中解了又系，系了再解，至数次之多，谁能不感到厌世呢！

在抗战数年中，生活是越来越苦了。既要抗战，就必须受苦，我决不怨天尤人。再进一步，若能从苦中求乐，则不但可以不出怨言，而且可以得到一些兴趣，岂不更好呢！在衣食住行人生四大麻烦中，食最不易由苦中求乐，菜根香一定香不过红烧蹄髈！菜根使我贫血；“狮子头”却使我壮如雄狮！

住和行虽然不像食那样一点不能将就，可是也不会怎样苦中生乐。三伏天住在火炉子似的屋内，或金鸡独立地在汽车里挤着，我都想掉泪，一点也找不出乐趣。

只有穿的方面，一个人确乎能由苦中找到快活。“七七”抗战后，由家中逃出，我只带着一件旧夹袍和一件破皮袍，身上穿着一件旧棉袍。这三袍不够四季用的，也不够几年用的。所以，到了重庆，我就添置衣裳。主要的是灰布制服。这是一种“自来旧”的布做成的，一下水就一蹶不振，永远难看。吴组缃先生名之为斯文扫地的衣服。可是，这种衣服给我许多方便——简直可以称之为享受！我可以穿着裤子睡觉，而不必担心裤缝直与不直；它反正永远不会直立。我可以不必先看看座位，再去坐下；我的宝裤不怕泥土污秽，它原是自来旧。雨天走路，我不怕汽车。晴天有空袭，我的衣服的老鼠皮色便是伪装。这种衣服给我舒适，因而有亲切之感。它和我好像多年的老夫妻，彼此有完全的了解，没有一点隔膜。

我希望抗战胜利之后，还老穿着这种困难衣，倒不是为省钱，而是为舒服。

八、行

朋友们屡屡函约进城，始终不敢动。“行”在今日，不是什么好玩的事。看吧，从北碚到重庆第一就得出“挨挤费”一千四百四十元。所谓挨挤费者就是你须到车站去“等”，等多少时间？没人能告诉你。幸而把车等来，你还得去挤着买票，假若你挤不上去，那是你自己的无能，只好再等。幸而票也挤到手，你就该到车上去挨挤。这一挤可厉害！你第一要证明了你的确是脊椎动物，无论如何你都能直挺挺地立着。第二，你须证明在进化论中，你确是猴子变的，所以现在你才嘴、手、脚并用，全身紧张而灵活，以免被挤成像四喜丸子似的一堆肉。第三，你须有“保护皮”，足以使你全身不怕伞柄、胳臂肘、脚尖、车窗等的戳、碰、刺、钩；否则你会遍体鳞伤。第四，你须有不中暑发痧的把握，要有不怕把鼻子伸在有狐臭的腋下而不能动的本事……你须备有的条件太多了，都是因为你喜欢交那一千四百多元的挨挤费！

我头昏，一挤就有变成爬虫的可能，所以，我不敢动。

再说，在重庆住一星期，至少花五六千元；同时，还得耽误一星期的写作。两面一算，使我胆寒！

以前，我一个人在流亡，一人吃饱便天下太平，所以东跑西跑，一点也不怕赔钱。现在，家小在身边，一张嘴便是五六个嘴一齐来，于是嘴与胆子乃适成反比，嘴越多，胆子越小！

重庆的人们哪，设法派小汽车来接呀，否则我是不会去看你们的。你们还得每天给我们一千元零花。烟、酒都无须供给，我已戒了。啊，笑话是笑话，说真的，我是多么想念你们，多么渴望见面畅谈呀！

九、帽

在“七七”抗战后，从家中跑出来的时候，我的衣服虽都是旧的，而一顶呢帽却是新的。那是秋天在济南花了四元钱买的。

二十八年①随慰劳团到华北去，在沙漠中，一阵狂风把那顶呢帽刮去，我变成了无帽之人。假若我是在四川，我便不忙于去再买一顶——那时候物价已开始要张开翅膀。可是，我是在北方，天已常常下雪，我不可一日无帽。于是，在宁夏，我花了六元钱买了一顶呢帽。在战前它公公道道的值六角钱。这是一顶很顽皮的帽子。它没有一定的颜色，似灰非灰，似紫非紫，似赭非赭，在阳光下，它仿佛有点发红，在暗处又好似有点绿意。我只能用“五光十色”去形容它，才略为近似。它是呢帽，可是全无呢意。我记得呢子是柔软的，这顶帽可是非常的坚硬，用指一弹，它当当的响。这种不知何处制造的硬

① 即1939年。

呢会把我的脑门儿勒出一道小沟，使我很不舒服；我须时时摘下帽来，教脑袋休息一下！赶到淋了雨的时候，它就完全失去呢性，而变成铁筋洋灰的了。因此，回到重庆以后，我总是能不戴它就不戴；一看见它我就有点害怕。

因为怕它，所以我在白象街茶馆与友摆龙门阵之际，我又买了一顶毛织的帽子。这一顶的确是软的，软得可以折起来，我很高兴。

不幸，这高兴又是短命的。只戴了半个钟头，我的头就好像发了火，痒得很。原来它是用野牛毛织成的。它使脑门热得出汗，而后用那很硬的毛儿刺那张开的毛孔！这不是戴帽，而是上刑！

把这顶野牛毛帽放下，我还是得戴那顶铁筋洋灰的呢帽。经雨淋、汗沤、风吹、日晒，到了今年，这顶硬呢帽不但没有一定的颜色，也没有一定的样子了——可是永远不美观。每逢戴上它，我就躲着镜子；我知道我一看见它就必有斯文扫地之感！

前几天，花了一百五十元把呢帽翻了一下。它的颜色竟自有了固定的倾向，全体都发了红。它的式样也因更硬了一些而暂时有了归宿，它的确有点帽子样儿了！它可是更硬了，不留神，帽檐碰在门上或硬东西上，硬碰硬，我的眼中就冒了火花！等着吧，等到抗战胜利的那天，我首先把它用剪子铰碎，看它还硬不硬！

十、狗

中国狗恐怕是世界上最可怜最难看的狗。此处之“难看”并不指狗种而言，而是与“可怜”密切相关。无论狗的模样、身材如何，只要喂养得好，它便会长得肥肥胖胖的，看着顺眼。中国人穷。人且吃不饱，狗就更提不到了。因此，中国狗最难看；不是因为它长得不体面，而是因为它骨瘦如柴，终年夹着尾巴。

每逢我看见被遗弃的小野狗在街上寻找粪吃，我便要落泪。我并非是爱作伤感的人，动不动就要哭一鼻子。我看见小狗的可怜，也就是感到人民的贫穷。民富而后猫狗肥。

中国人动不动就说：我们地大物博。那也就是说，我们不用着急呀，我们有的是东西，永远吃不完喝不尽哪！哼，请看看你们的狗吧！

还有：狗虽那么摸不着吃，（外国狗吃肉，中国狗吃粪；在动物学上，据说狗本是食肉兽。）那么随便就被人踢两脚，打两棍，可是它们还照旧地替人们服务。尽管它们饿成皮包着骨，尽管它们刚被主人踹了两脚，它们还是极忠诚地去尽看门守夜的责任。狗永远不嫌主人穷。这样的动物理应得到人们的赞美，而忠诚、义气、安贫、勇敢等好字眼都该归之于狗。可是，我不晓得为什么中国人不分黑白地把汉奸与小人叫作走狗，倒仿佛狗是不忠诚不义气的动物。我为狗喊冤叫屈！

猫才是好吃懒做，有肉即来，无食即去的东西。洋奴与小人理应被叫作“走猫”。

或者是因为狗的脾气好，不像猫那样傲慢，所以中国人不说“走猫”而说“走狗”？假若真是那样，我就又觉得人们未免有点“软的欺，硬的怕”了！

不过，也许有一种狗，学名叫作“走狗”；那我还不大清楚。

十一、昨天

昨天一整天不快活。老下雨，老下雨，把人心都好像要下湿了！

有人来问往哪儿跑？答以：嘉陵江没有盖儿。邻家聘女。姑娘有二十二三岁，不难看。来了一顶轿子，她被人从屋中掏出来，放进轿中，轿夫抬起就走。她大声地哭。没有锣鼓。轿子就那么哭着走了。看罢，我想起幼时在鸟市上买鸟。贩子从大笼中抓出鸟来，放在我的小笼中，鸟尖锐地叫。

黄狼夜间将花母鸡叼去。今午，孩子们在山坡后把母鸡找到。脖子上咬烂，别处都还好。他们主张还炖一炖吃了。我没拦阻他们。乱世，鸡也该死两道的！

头总是昏。一友来，又问："何以不去打补针？"我笑而不答，心中很生气。

正写稿子，友来。我不好让他坐。他不好意思坐下，又不好意思马上就走。中国人总是过度的客气。

友人函告某人如何，某事如何，即答以："大家肯把心眼放大一些，不因事情不尽合己意而即指为恶事，则人世纠纷可减半矣！"发信后，心中仍在不快。

长篇小说越写越不像话，而索短稿者且多，颇郁郁！

晚间屋冷话少，又戒了烟，呆坐无聊，八时即睡。这是值得记下来的一天——没有一件痛快事！在这样的日子，连一句漂亮的话也写不出！为什么我们没有伟大的作品哪？哼，谁知道！

十二、傻子

在民间的故事与笑话里，有许多许多是讲兄弟三个，或姐妹三个，或盟兄弟三个，或女婿三个；第三个必定是傻子，而傻子得到最后的胜利。据说这种结构的公式是世界性的，世界各处都有这样的故事与笑话。为什么呢？因为人们是同情于弱者的。三弟三妹三女婿既最幼，又最傻，所以必须胜利。

和许多别种民间故事与笑话的含义一样，这种同情弱者的表示可也许是“夫子自道也”，这就是说，人民有一肚子委屈而无处去诉，就只好想象出一位“臣包文正”，或北侠欧阳春来，给他们撑一撑腰，吐一口气。同样的，他们制造出弱者胜利的故事与笑话，也是为了自慰；故事与笑话中的傻子就是他们自己。他们自己既弱且愚，可是他们讽刺了那有势力，有钱财，与有学问的人，他们感到胜利。

可是，这种讽刺的胜利到底是否真正的胜利，就不大好说。假若胜利必须是精神上的呢，他们大概可以算得了胜。反之，精神胜利若因无补于实际而算不得胜利，那就不大好办了。

在我们的民间，这种傻子胜利的故事与笑话似乎比哪一国都多。我不知道，我应当庆祝他们已经得到胜利，还是应当把我的“怪难过的”之感告诉给他们。

美与同情

丰子恺 / 文

儿童大都是最富于同情的。

有一个儿童，他走进我的房间里，便给我整理东西。他看见我的挂表的面合覆在桌子上，给我翻转来。看见我的茶杯放在茶壶的环子后面，给我移到口子前面来。看见我床底下的鞋子一顺一倒，给我掉转来。看见我壁上的立幅的绳子拖出在前面，搬了凳子，给我藏到后面去。我谢他："哥儿，你这样勤勉地给我收拾！"他回答我说："不是，因为我看了那种样子，心情很不安适。"是的，他曾说："挂表的面合覆在桌子上，看它何等气闷！""茶杯躲在它母亲的背后，教它怎样吃奶奶？""鞋子一顺一倒，教它们怎样谈话？""立幅的辫子拖在前面，像一个鸦片鬼。"我实在钦佩这哥儿的同情心的丰富。从此我也着实留意于东西的位置，体谅东西的安适了。它们的位置安适，我们看了心情也安适。于是我恍然悟到，这就是美的心境，就是文学的描写中所常用的手法，就是绘画的构图上所经营的问题。这都是同情心的发展。普通人的同情只能及于同类的人，或至多及于动物；但艺术家的同情非常深广，与天地造化之心同样深广，能普及于有情、非有情的一切物类。

我次日到高中艺术科上课，就对她们作这样的一番讲话：世间的物有各种方面，各人所见的方面不同。譬如一株树，在博物家，在园丁，在木匠，在画家，所见各人不同。博物家见其性状，园丁见其生息，木匠见其材料，画家见其姿态。但画家所见的，与前三者又根本不同。前三者都有目的，都想起树的因果关系，画家只是欣赏目前的树的本身的姿态，而别无目的。所以画家所见的方面，是形式的方面，不是实用的方面。换言之，是美的世界，不是真善的世界。美的世界中的价值标准，与真善的世界中全然不同，我们仅就事物的形状、色彩、姿态而欣赏，更不顾问其实用方面的价值了。

所以一枝枯木，一块怪石，在实用上全无价值，而在中国画家是很好的题材。无名的野花，在诗人的眼中异常美丽。故艺术家所见的世界，可说是一视同仁的世界，平等的世界。艺术家的心，对于世间一切事物都给以热诚的同情。

故普通世间的价值与阶级，入了画中便全部撤销了。画家把自己的心移入于儿童的天真的姿态中而描写儿童，又同样地把自己的心移入于乞丐的病苦的表情中而描写乞丐。画家的心，必常与所描写的对象相共鸣共感，共悲共喜，共泣共笑；倘不具备这种深广的同情心，而徒事手指的刻画，绝不能成为真的画家。即使他能描画，所描的至多仅抵一幅照相。

画家须有这种深广的同情心，故同时又非有丰富而充实的精神力不可。倘其伟大不足与英雄相共鸣，便不能描写英雄；倘其柔婉不足与少女相共鸣，便不能描写少女。故大艺术家必是大人格者。

艺术家的同情心，不但及于同类的人物而已，又普遍地及于一切生物、无生物；犬马花草，在美的世界中均是有灵魂而能泣能笑的活物了。诗人常常听见子规的啼血、秋虫的促织，看见桃花的笑东风、蝴蝶的送春归；用实用的头脑看来，这些都是诗人的疯话。其实我们倘能身入美的世界中，而推广其同情心，及于万物，就能切实地感到这些情景了。画家与诗人是同样的，不过画家注重其形式、姿态的方面而已。没有体得龙马的活力，不能画龙马；没有体得松柏的劲秀，不能画松柏。中国古来的画家都有这样的明训。西洋画何独不然？我们画家描一个花瓶，必其心移入于花瓶中，自己化作花瓶，体得花瓶的力，方能表现花瓶的精神。我们的心要能与朝阳的光芒一同放射，方能描写朝阳；能与海波的曲线一同跳舞，方能描写海波。这正是“物我一体”的境涯，万物皆备于艺术家的心中。

为了要有这点深广的同情心，故中国画家作画时先要焚香默坐，涵养精神，然后和墨伸纸，从事表现。其实西洋画家也需要这种修养，不过不曾明言这种形式而已。不但如此，普通的人，对于事物的形色、姿态，多少必有一点共鸣共感的天性。房屋的布置装饰，器具的形状色彩，所以要求其美观者，就是为了要适应天性的缘故。眼前所见的都是美的形色，我们的心就与之共感而觉得快适；反之，眼前所见的都是丑恶的形色，我们的心也就与之共感而觉得不快。不过共感的程度有深浅高下不同而已。对于形色的世界全无共感的人，世间恐怕没有；有之，必是天资极陋的人，或理智的奴隶，那些真是所谓“无情”的人了。

在这里我们不得不赞美儿童了。因为儿童大都是最富于同情的。且其同情不但及于人类，又自然地及于猫犬、花草、鸟蝶、鱼虫、玩具等一切事物，他们认真地对猫犬说话，认真地和花接吻，认真地和人像（doll）玩耍，其心比艺术家的心真切而自然得多！他们往往能注意大人们所不能注意的事，发现大人们所不能发现的点。所以儿童的本质是艺术的。

换言之，即人类本来是艺术的，本来是富于同情的。只因长大起来受了世智的压迫，把这点心灵阻碍或消磨了。唯有聪明的人，能不屈不挠，外部即使饱受压迫，而内部仍旧保藏着这点可贵的心。这种人就是艺术家。

西洋艺术论者论艺术的心理，有"感情移入"之说。所谓感情移入，就是说我们对于美的自然或艺术品，能把自己的感情移入于其中，没入于其中，与之共鸣共感，这时候就体验到美的滋味。我们又可知这种自我没入的行为，在儿童的生活中为最多。他们往往把兴趣深深地没入在游戏中，而忘却自身的饥寒与疲劳。圣书中说："你们不像小孩子，便不得进入天国。"小孩子真是人生的黄金时代！我们的黄金时代虽然已经过去，但我们可以因了艺术的修养而重新面见这幸福、仁爱而和平的世界。

十八年（1929年）
九月廿八日为松江女中高中一年生讲述